Wolffs Broschuren

W0308914

André Pieyre de Mandiargues

Monsieur Mouton, geliebter Kater

Aus dem Französischen übersetzt von
Lothar Klünner

Friedenauer Presse Berlin

Mit Zeichnungen von Pierre Alechinsky

© 1993 FATA MORGANA, Saint Clement
© 1995 (für die deutsche Fassung)
FRIEDENAUER PRESSE
Katharina Wagenbach, Carmerstr. 10, 10623 Berlin
Alle Rechte vorbehalten.
Gesetzt in der Korpus Walbaum-Antiqua
von Harald Weller, Berlin.
Den Druck besorgte die Druckerei Sayffaerth & Krohn, Berlin.
Printed in Germany ISBN 3 921592 93 3

Vor zwölf Jahren hatte Mademoiselle Thérèse an einem schönen Tage in aller Frühe Mélinet verlassen; und ebenso schön ging der Tag zu Ende, an dem sie nun aus dem Pariser Zug stieg und den kleinen Bahnhof wiedersah, der in der untergehenden Sonne wie ein feuriger Palast erschien. In der einen Hand trug sie einen Koffer, den ihre Schwester ihr vor zwölf Jahren beim Abschied geliehen hatte und der ihr jetzt durch Erbrecht zugehörte, einen bestickten Koffer, auf dem Scharlachrosen über graugrünem Grund blühten, und in der anderen einen glänzenden Weidenkorb, den sie unter hundert Vorsichtsmaßregeln schließlich auf einer Bank absetzte. Sie selbst hatte neben diesem kostbaren Stück Platz genommen, lüpfte mit ungeschickten Bewegungen ihrer behandschuhten Finger ein wenig den Deckel und neigte sich darüber, begierig hineinzuschauen.

Der mit zwei granatbesetzten Nadeln an ihrem Haarknoten befestigte schwarzlackierte Strohhut war ihr hinderlich; sie löste ihn und warf ihn beiseite, um ihr Gesicht ganz an den Korbrand heranzubringen, ganz nah, so nah, daß sie sich an ihm ritzte und man an ihrem blassen und hageren Ohr einen Tropfen Blut hinabrinnen sah. Ohne im mindesten darauf zu achten, steckte sie eine Hand hinein, bewegte sie darin und murmelte wirre, doch von einer geheimnisvollen Zärtlichkeit getragene Worte.

Niemand erkannte sie, und einige Angestellte, die sich in der Nähe aufhielten, umringten sie und betrachteten neugierig dieses gutgekleidete alte Fräulein, das leise auf seinen Korb einsprach.

Sie trug eine schwarze Seidenbluse, an der lediglich eine Amethystbrosche steckte, und einen langen grauen Rock, der weit hinabreichte bis zu ihren hohen Stiefeletten mit flachem Absatz; ihr grauer Tuchmantel mit dem schwarzen Samtkragen hing über ihrem Arm. Sie hatte ein rundes Gesicht mit rosigen Wangen, eine kleine Nase und große hellblaue Augen, in zwei glatten Strähnen über die Schläfen gekämmtes weißes Haar, sehr gediegen und von einem sehr sauberen und reinen Weiß, wie man es bei älteren Personen nur selten sieht.

Hinzukam ein gewisser Ausdruck von Unschuld und Frische, was vielleicht an ihrem klaren Blick lag, vielleicht an dem gesunden und trotz zwei oder drei Falten noch jugendlichen Teint, an etwas Undefinierbarem, das zeigte, daß sie jungfräulich war, und bewirkte, daß man sie »Mademoiselle« nannte und achtungsvoll grüßte.

Was sich in ihrem Korb abspielte, nahm sie so in Anspruch, daß sie den Auflauf, der sich um sie gebildet hatte, nicht sofort bemerkte. Sie wurde verlegen, als sie die Augen hob, denn sie war schüchtern und fürchtete, Anstoß zu erregen. Sie verschloß ihren kostbaren Korb, rief einen Dienstmann herbei und gab ihm ihren Gepäckschein mit der Bitte, sich um einen großen Wachstuchkoffer mit ihren Initialen zu kümmern, den sie aufgegeben hatte.

So wußte bald jeder, daß die alte Thérèse wieder da war, heimgekehrt, um ihr Leben zu Hause zu beschließen.

Viele Leute im Städtchen erinnerten sich noch an sie und an die Zeit, als sie bei ihrer Schwester wohnte, in einem niedrigen weißen Häuschen, im oberen Viertel gelegen, am Platz der Kirche Saint-Quiriace; sobald sich ihre Rückkehr herumgesprochen hatte und das seit zwölf Jahren verschlossene Haus wieder geöffnet war, kamen sie herbeigelaufen, teils aus Neugier, um etwas aus Paris zu erfahren, teils auch um dem liebenswürdigen Mädchen beim Auspacken der Koffer und beim Ordnen ihrer Angelegenheiten zu helfen.

Mit einem Tuch um den Kopf, um ihr Haar vor Staub zu schützen, putzte Mademoiselle Thérèse überall mit Besessenheit. Sie hörte nur beim Läuten der Klingel mit dem Putzen auf und lief, den Staubwedel unterm Arm, die Besucher zu empfangen, wobei sie einzig darum bat, die Türen gut zu schließen: »Denn er hat sich noch nicht eingewöhnt«, sagte sie, »er hat nichts essen wollen, und wenn er wegläuft ...« Triumphierend zeigte sie in der dunkelsten Ecke des Zimmers auf einen sehr dicken roten Kater, der unruhig zwischen einem Teller Kalbsleber und einem mit gezuckerter Milch kauerte, das Fell sträubte, die Ohren anlegte und ein paarmal furchterregend fauchte, voller Wut und Haß auf diese Fremden, dieses unbekannte Haus und die ganze Unruhe.

Und stellte man ihr Fragen über Paris, die Familie, bei der sie in Stellung gewesen, warum sie zurückgekommen war und was sie mitgebracht hatte, stets wandte sie sich ihrem Kater zu:

«Es waren sehr gute Herrschaften, sie haben mir gegeben, was ihnen das Kostbarste auf der Welt war: den Kater meines armen kleinen Jean, den er mehr liebte als seine Mutter und mehr als mich. Monsier Mouton — und er ist ein Angora.«

Uninteressiert am Titel »Angora«, ungehalten, angestarrt zu werden, schlug Monsieur Mouton zornig seine Krallen in die Dielen.

Als Thérèse zwanzig Jahre alt war, hatte ihre Familie beschlossen, sie in Paris als Kindermädchen unterzubringen; so kam sie eines Morgens, ganz unbedarft, ganz verschreckt, bei den Bringues an, reichen Bürgern, die ihr das einzige Töchterchen anvertrauten: Julie.

Diese Bringues waren keine schlechten Menschen, doch sie kümmerten sich kaum um diese Tochter, zu der sie, wenn nicht aus Versehen, so doch durch Zufall gekommen waren, jedenfalls ohne daß sie sich besonders darüber gefreut hätten; sie hatten sich an sie gewöhnt, so gut es ging, und wünschten nur, daß sie groß würde, gesund bliebe und daß nicht allzuviel von ihr zu hören sei. Monsieur ging seinen Geschäften nach, Madame ihren Vergnügungen, und beide verließen sich völlig auf diese tüchtige, ernsthafte und ergebene Kleine vom Lande, die der Pfarrer von Mélinet ihnen geschickt hatte und die Julie besser versorgte, als die eigene Mutter es getan hätte. Die schaute morgens und abends nach ihr, umarmte sie, sagte ihr guten Morgen und gute Nacht; in der übrigen Zeit kam sie recht gut ohne sie aus und ließ sie die Mahlzeiten mit Thérèse, die ihr zu Diensten war und ihr Gesellschaft leistete, auf ihrem Zimmer einnehmen.

Zwischen den distanzierten Herrschaften, die sie nur zu den wöchentlichen Abrechnungen sehen wollten, und den großen unverschämten Dienern, deren Späße ihr unverständlich waren und Angst machten, kam sich Thérèse verlassener vor, als sie jemals gewesen war. Die Zeit verging, ohne Neues zu bringen. Thérèse war von Natur gefühlvoll und zärtlich und hatte ein lebhaftes Liebesbedürfnis. In der Einsamkeit, unter der sie litt in dieser großen Stadt, zwischen all diesen Gleichgültigen, hätte sie wohl ihre Liebe der Kleinen zuwenden und bei ihr vielleicht Mutterstelle annehmen können, doch ihre schüchternen Annäherungsversuche wurden zurückgewiesen.

Julie Bringue, die wahrhaftig niemanden liebte, hatte bald eine Art Haß auf ihre Erzieherin entwickelt, die einzige Person, mit der sie eigentlich zu tun hatte und deren Güte sie reizte. Dieses kleine Mädchen war boshaft und einfallsreich, verbittert darüber, quasi als Waise aufzuwachsen, und mit einer frühreifen Intelligenz begabt, die sie darauf verwandte, ringsum Unheil anzustiften und diejenigen zu verletzen, die ihr zu nahe kamen. Was für eine leichte Beute war die arme Thérèse! Lange war es Julies Lieblingsspiel, ihre Erzieherin zu Zärtlichkeiten zu verleiten, um sie dann, wenn sie spürte, daß diese sich gerührt, vertrauensvoll, öffnete, brutal durch ein grausames Wort zu enttäuschen. Darin war sie Meisterin. Sie liebte es, die Unglückliche vor anderen lächerlich zu machen, sie in ihrer großen Empfindsamkeit zu verletzen, indem sie sich über ihren provinziellen Akzent lustig machte oder über ihre mangelnde Eleganz; manchmal verkündete sie ihr in aller Unschuld, daß sie sie wegjagen lassen würde, um eine Engländerin zu bekommen wie die anderen reichen Kinder. Ihr Lohn war die Schamröte oder das zornige Schweigen ihres Opfers, sie zeigten ihr, daß sie ihr Ziel erreicht hatte.

Die Gemeinheit mancher solcher kleinen Mädchen ist schwer zu glauben, in ihnen steckt in diesem Alter eine Tigerin, und der Mangel an Gleichgewicht erweckt in diesen reizenden Geschöpfen ein rasendes Bedürfnis, ihre Eltern, Lehrerinnen oder Spielgefährten zu quälen, und das tun sie mit einem unglaublichen Geschick, das man teuflisch nennen könnte und das sie später, zu Frauen geworden, in ihren Liebeskämpfen nur selten wieder an den Tag legen.

Als dauernd geprügelter Hund ging schließlich Mademoiselle Thérèse etwas auf Distanz. War ihr doch, ohne es zu wollen, alle Zuneigung vergangen, und es ging ihr besser dabei; aber die kleine Pest, die das schnell bemerkte, wollte ihr einziges Vergnügen nicht verlieren. Sie hatte noch ganz andere Einfälle parat, ja, sie war ein wahrer Teufel, diese Julie Bringue. Die hübsche, verbitterte Kleine, die vor Leben und Phantasie sprühte, dachte den ganzen Tag nur daran, ihr ohnmächtiges Opfer, das an seinen Henker gefesselt war, so grausam wie möglich leiden zu lassen. Seither sann Julie auf Mittel, die arme Thérèse bei ihren Eltern und besonders bei ihrer Mutter ins Unrecht zu setzen, und sie, in ihrer Naivität, tappte auch brav in alle Fallen, die das kleine Frauenzimmer ihr stellte.

So passierte es ihr, daß sie eines Tages auf der Straße das Kind, das sie beaufsichtigen sollte, verlor, und als sie allein zurückkam, ganz durcheinander, in Sorge und schweißgebadet, nachdem sie wie eine Verrückte überall herumgerannt war, traf sie auf böse Gesichter: Julie, die sich absichtlich fortgeschlichen hatte, war schnell nach Hause gelaufen, um das Kindermädchen der Nachlässigkeit zu zeihen. Das stand nun atemlos, mit schlaffen Armen, ganz blöde, vor einer aufgebrachten Mutter und wußte sich nicht zu rechtfertigen. Auch beim nächsten Mal machte man ihr keine Vorhaltungen wegen ihres schlechten Benehmens: Julie, die weit weniger unschuldig war als ihre Erzieherin (»Ihro Reinheit», sagten die Diener ironisch), erzählte, diese lasse sich im Park von Soldaten den Hof machen, und diese letzte Erfindung von Mademoiselle Bringue pflanzte dem armen Mädchen eine zuvor nicht gekannte Scham und Verstörung ins Herz.

Mit den Jahren indes gewann Thérèse immer mehr an Haltung. Sie hatte begriffen, daß ihre Herrschaft zumindest auf sie hielt, wenn auch niemand in diesem Hause sie mochte, und Julies Bosheiten oder Madame Bringues Verweise gingen an ihr vorbei, ohne ihr besonders weh zu tun. Von jeher war sie fromm gewesen, und schon immer war ihr Leben zwischen der Liebe zu Gott und ihrer Arbeit aufgeteilt, in die sie sich mit solchem Ungestüm stürzte, daß sie abends schließlich ganz zerschlagen und erschöpft war und sich nur noch auf ihr Bett zu werfen brauchte, um dort wie ein Tier bis zum andern Morgen zu schlafen.

Dann hatte Julie Bringue, wie man so sagt, »ihr

Debüt in der Gesellschaft«, und die Gelegenheiten, die sich ihr da boten, zu glänzen und grausam zu sein, die neuen Spiele und Vergnügungen, das Bewußtsein ihrer Reize und ihrer Schönheit, ihr Stolz als junge Erbin – all das führte dazu, daß sie die so wichtige Rolle, die eine gewöhnliche »Domestike« in ihrem Leben spielte, als beschämend empfand. Mademoiselle Thérèse war nun völlig verlassen und einsamer denn je, wohl auch etwas traurig und, da sie sich nicht an den Gedanken gewöhnen konnte, sich zur Ruhe setzen zu müssen – der Ruhestand schien ihr immer abscheulicher als der Tod –, arbeitete sie für vier und übernahm die Pflichten aller anderen, fegte aus für den Diener, der am Fenster gähnte, half der Köchin, die sie anschnauzte, nähte oder stopfte in der Wäschekammer und wusch in der Gesindestube.

Als sich Julie eines schönen Tages mit einem jungen Bankier aus Genf, Monsieur Vacherin, verlobte, war sie überrascht und zugleich ein bißchen geängstigt, denn so alt fühlte sie sich noch nicht, und sie war bekümmert, auf diese Weise den ersten Teil ihres Lebens enden zu sehen. Bis zu der Zeremonie hatte sie schon kaum noch Kontakt zu Julie gehabt, die in Eile heiratete und dann abreiste, ohne ihre Gouvernante zu umarmen oder ihr ein kurzes Abschiedswort zu sagen. Nach ein paar Tagen, die Mademoiselle Thérèse in dem Gefühl, überflüssig zu sein, nur schwer ertrug, bestieg sie den Zug nach Mélinet, wo ihre ältere Schwester Nathalie, die Schneiderin war, sie bei sich aufnahm, denn ihr Vater und ihre Mutter waren inzwischen beide gestorben.

Dort verbrachte sie die beste Zeit ihres bisherigen Lebens; nicht daß man sie verhätschelte oder ihr Aufmerksamkeiten und Rücksichten entgegenbrachte, die ihr auch kaum gefallen hätten – die einfache Thérèse verabscheute diesen »störenden Kram« –, doch tat ihr die Ruhe in ihrer kleinen Geburtsstadt wohl, sie teilte ihre Tage zwischen der Kirche Saint-Quiriace, wo sie sich mehr als in Paris mit ihrem Gott allein fühlte, der zu ihr »unter vier Augen« sprach, und den häuslichen Pflichten, die ihre Schwester ihr nicht ersparte. Die hatte sie gern, war aber etwas schroff zu ihr, was ihr gar nicht unangenehm war, und gab ihr Arbeit, soviel sie wollte, aber wollte sie nicht immer noch mehr davon? So diente die Fromme als unbezahlte Arbeitskraft, und bis zum Abend stickte sie, säumte, nähte und flickte, stach sich in die Finger, verdarb sich über der Arbeit die Augen, die schon gerötet und mitgenommen waren, während die Schneiderin die

Modelle für die schönen Damen von Mélinet zuschnitt.

Nathalie, die sie aus christlicher Barmherzigkeit und aus jenem in der Provinz so starken Gefühl von Familienzusammengehörigkeit aufgenommen hatte, erkannte schnell, daß sie mit der christlichen Barmherzigkeit zugleich ein gutes Geschäft gemacht hatte. Jede Wohltat trägt ihren Lohn in sich, meinte sie und fand es ganz natürlich, daß Thérèse ihr den Haushalt führte und zu drei Vierteln für sie arbeitete. Man kann sich gut vorstellen, was für ein Gesicht sie zog, als Mademoiselle Thérèse ihr einen Brief zeigte, den sie von Julie Vacherin erhalten hatte: nach drei Jahren geruhte diese endlich, sich ihrer zu erinnern, grüßte sie mit einigen überflüssigen Schmeicheleien und trug ihr ohne weitere Umschweife an, sie in Dienst zu nehmen, um ihr den kleinen Sohn Jean Michel anzuvertrauen.

Wie alle alten Jungfern hatte Thérèse Pflichtgefühl: das heißt, sie zögerte nicht, sich zu entscheiden, und sie entschied sich immer für das, was für sie am unangenehmsten und härtesten werden würde. »Je härter je ehrenvoller«, murmelte das brave Fräulein und stürmte mit gesenktem Kopf auf das Harte zu, nicht aus einer raffinierten Vorliebe für das Leiden, die ihrer Natur sehr ferngelegen hätte, sondern weil sie das Harte und Unangenehme von Gott zu empfangen glaubte und es vielleicht ungehorsam gewesen wäre, nicht den steinigen und ungewissen Weg zu wählen, den ER ihr zeigte — abseits der leichteren und der Größe einer Mademoiselle Thérèse wohl unwürdigen Pfade. »Ich bin ein alter Gaul«, sagte sie auch, »und das ist stärker als ich: ich muß mich nun einmal abrackern und schuften und mich eher zu Tode schinden als in Ruhe auf meinem Stroh zu sterben.«

Gegen den Willen ihrer Schwester kehrte sie nach Paris zurück, wie eine vom Martyrium besessene Heilige, wie Regulus nach Karthago, denn trotz ihrer Unschuld und ihrer großen Herzensgüte sah sie recht klar: während dieser drei Jahre hatte sie Julies Charakter keineswegs so weit vergessen, um zu erwarten, bei ihr auf Rosen gebettet zu sein.

Diese gedachte ihren neuen Stand als »Gnädige Frau« zu nutzen, um ihre einstige Gouvernante teuer bezahlen zu lassen für deren Geduld und die Ergebenheit, die sie ihr niemals verziehen hatte. Sie war jedoch auch vernünftig genug, daß sie Thérèses hauswirtschaftliche Fähigkeiten zu schätzen wußte, und sie war froh, sich zugleich mit einem Opfer für ihre Launen das Muster eines Kindermädchens sichern zu können und für wenig Kosten ein wahres Arbeitstier.

Natürlich kam alles so, wie Mademoiselle Thérèse es vorhergesehen hatte, doch klaglos ertrug sie alles, sie hatte in sich eine geistige Kraft und eine Festigkeit, die weder sie noch ein anderer vermutet hätte. Der kleine Jean Michel Vacherin war ein netter Junge, etwas schlaff, weichlich, blaß, wackelig auf den Beinen, die so hager, gelb und dürr waren wie Hühnerfüße; er war immer müde, und Thérèse mußte ihn im Park Monceau oft gegen die Rüpeleien der Spielkameraden in Schutz nehmen; die jagten ihn, hetzten ihn mitleidslos bis unter den Rock und zwischen die Beine seines Kinderfräuleins, das ihn links, rechts mit wuchtigen Hieben ihres Regenschirms verteidigte, wie es König Johann der Gute in der Schlacht von Poitiers auf den Bildern der Geschichtsbücher tut. Seine Mutter machte ihm Angst, denn sie sprach laut, und ihre Fingernägel waren hart und spitz; vor all und jedem fürchtete er sich, besonders davor, daß man ihn zwickte, und seine einzige Zuflucht waren die Arme von Thérèse, die das verdroß. Soviel Schwächlichkeit und Feigheit hatten etwas Ärgerliches für das robuste Mädchen, das sich tüchtig zur Wehr setzte gegen die Rabauken und sie auch gar nicht verabscheute, sich vielmehr nie hatte befreien können von einem gewissen Widerwillen gegen alles, was nicht gesund und kräftig war. Ein seltsamer Hang zur Gewalt bei dieser schlichten Dienstmagd, die rein und fromm war, wie es nie eine gegeben hat.

So kam es denn, daß sie den Kater ihres jungen Herrn zu lieben begann, mehr als diesen selbst, ja, eine tiefe Liebe ergriff sie. Wenn er in der Wohnung herumspazierte, folgte sie diesem herrlichen Tier, stark wie ein kleiner Löwe, und wenn er mal hinmachte, wischte sie es unter ihm weg, ohne ihn je zu stören oder zu züchtigen, egal, wo es passiert war.

Jean Michel war von mäßiger Gesundheit, mit dreizehn Jahren bekam er im Winter eine Lungenentzündung, an der er nach einigen Wochen im Dämmerzustand sanft entschlief. Alles war klein bei ihm, sein Todeskampf machte keine Ausnahme, er klagte wenig und litt Schmerzen, die so klein waren wie das bißchen Glück, das er in seinem Leben erfahren hatte.

Seit den ersten Tagen hatte Mademoiselle Thérèse geahnt, daß er sterben würde, doch sie pflegte ihn darum nicht mit weniger Hingabe, im Gegenteil, sie kämpfte um jeden Fußbreit gegen den Tod, hegte ihren Kranken mit wahrer Wildheit und versuchte, wenn auch erfolglos, was man nur versuchen kann. Das Ende kam, es überraschte sie nicht, bekümmerte sie auch nicht übermäßig, sondern brachte Linderung. Man drängte sie, sich nach den anstrengenden Stunden zu erholen. Doch nein. Dezent in Schwarz gekleidet, trockenen Auges, leidenschaftslos und ruhig wie eine Allegorie der Standhaftigkeit brachte sie dem Kater das Essen, während man den Toten zurechtmachte.

Madame Vacherin liebte die äußeren Formen des Schmerzes, die ihr halfen, sich die Aufrichtigkeit ihrer Trauer einzureden, und ihr zu einem so unheilvollen Anlaß passend erschienen. Der Tod ihres Sohnes war ein schöner Vorwand, und der Genfer Bankier mußte sich das schreckliche Schauspiel dieser großen, in Tränen aufgelösten Frau ansehen, die hier- und dorthin lief, durch die Zimmer und Salons, wild und mit aufgelöstem Haar wie ein professionelles Klageweib aus Sizilien oder Kalabrien; der Kontrast ihrer Haut zu der strähnig flatternden dunklen Mähne vertiefte ihre Blässe, was auch auf die Wirkung einer speziellen Schminke zurückzuführen war, unter deren weißen und grünlichen Tönen sie wie eine Sterbende aussah. Hohe kostbare Silberleuchter, die man zu Häupten des Toten aufstellte, Garben wunderbarster Blumen, am Boden unter Julies Füßen zertreten, eine zerbrochene Vase, deren Kristallscherben zwischen Rosenblättern und rotem Mohn den Teppich übersäten, unordentliche violette Samtvorhänge mit Goldfransen, das Halbdunkel, alles erinnerte an diesem Abend an den künstlichen Pomp, den das Theater beim Tod seiner Helden und Königinnen aufbietet.

Die Hausangestellten richteten sich nach Madame, ihr zuliebe schluchzten sie um die Wette, bis auf Thérèse, die in diesem Getümmel eine stumme Würde bewahrte. Nie, sagte sie gern, nie, wiederholte sie recht unbesonnen auch in diesem Augenblick, nie könnte sie »ihren Charakter verleugnen«. Madame Vacherins Trauer war nicht aufrichtig und tief genug, ihr die Augen für das respektlose Benehmen ihrer ewigen Feindin zu verschließen, doch sie war klarsichtig genug, daß es sie traf wie ein Vorwurf.

Nach drei Nervenkrisen erschöpft, fröstelnd, in durchsichtigen, zerrissenen schwarzen Krepp gehüllt, lag sie auf einem Kanapee, dessen kostbaren rosa Atlas sie mit Tränen befleckte, ein Geschöpf, zweideutig und begehrenswert, von üppigen Formen, halb entkleidet, Bein, Schulter und Busen nackt unter dem Trauerschleier; sie wand sich, rang nach Luft, stöhnte leise vor Monsieur Vacherin, der unschlüssig war, ob er sie nicht plötzlich in seine Arme nehmen und auf den Mund küssen sollte, aber er fürchtete, ihr zu mißfallen, und war doch zu allem bereit, um ihr gefällig zu sein.

Diese ungewöhnliche Gemahlin, die abwechselnd erschreckend und anmutig sein konnte, die der Tod ihres einzigen Sohnes in eine Furie verwandelt hatte, eine Flehende, einen Barockengel, eine zügellose Kurtisane, verstieß gegen seinen gesunden schweizerischen Menschenverstand und seine Ordnungsliebe, doch zugleich brachte sie ihn völlig aus der Fassung und machte ihn so stolz darauf, dieses bewundernswerte Geschöpf zu besitzen, daß er ihr in diesem Augenblick nichts hätte verweigern können.

Gedemütigt durch die Gleichgültigkeit ihres einstigen Prügelknaben und wie eine weidwunde Tigerin in den letzten Zuckungen, suchte die schöne Julie, wie sie sich ein letztes Mal rächen könne. Da fiel ihr ein, daß Thérèse sich bald umziehen würde, um an der Beerdigung teilzunehmen, und daß es nicht schlecht wäre, sie davon auszuschließen und sie mit Schimpf und Schande vor allen Leuten noch vor der Zeremonie fortzujagen.

»Dieses Mädchen macht mich rasend«, raunte sie ihrem Gatten zu, »sie hat kein Herz, kein Gefühl, keinen Verstand, sie muß weg, sie muß noch heute weg . . . alles auf der Welt, alles will ich eher ertragen, als sie hinter ›meinem‹ Leichenwagen gehen zu sehen, mit ihrem Lächeln, gut frisiert, ruhig wie eine Irre.«

Und als der Kater, der unhörbar eingetreten war, mit einem kleinen Satz aufs Kanapee sprang, fing sie an zu schreien:

»Nimm dieses schreckliche gelbe Vieh von mir weg, es ekelt mich, macht mir Angst, es ist die Bosheit selbst und hat meinen Sohn umgebracht. Diese Elende hat es ihm jeden Tag ins Bett gelegt, obwohl der Doktor sie hundertmal gewarnt hat und wir auch, daß nichts so ansteckend ist wie eine Katze. Nimm dieses Tier voller Bazillen von mir weg.«

Monsieur Vacherin antwortete als braver Geschäftsmann, er werde sich bemühen, es zu verkaufen, doch Madame blieb dabei, sie wolle es sofort los sein und es Thérèse übergeben; sie hoffte wohl, daß die Bakterien des »ansteckenden« Tieres auch sie befallen würden. Die altgediente Demoiselle wurde vor ihre Herrschaft gerufen, wo sie ihren unverzüglichen Abschied zu hören bekam; Madame Vacherin zahlte sie ein letztes Mal aus, überreichte ihr herablassend einen Rosenkranz aus Jettperlen zum Andenken an den Kleinen und bat sie, am selben Abend noch zu gehen und dabei den Kater mitzunehmen, mit dem sie machen könne, was sie wolle.

Mademoiselle Thérèse sperrte vor Verblüffung Mund und Nase auf, hätte wohl auf der Stelle ein paar Tränen vergossen, doch sie fürchtete, wenn sie ihre Rührung und – warum es nicht gestehen? – ihr Glück zeigte, könnte sich die wankelmütige Madame anders besinnen. Zum ersten Mal in ihrem Leben war sie imstande, sich zu verstellen, und stahl sich davon wie eine Diebin, lange vor Abfahrt des Zuges, wobei sie ihren Schatz in einen Schal gewickelt im Arm mit sich fortschleppte; sie rannte bis zum nächsten Korbwarenhändler, der ihr für zwanzig Franc einen schön gepolsterten Korb verkaufte, um ihren vor Angst spuckenden und miauenden Mouton in Sicherheit zu bringen.

Gegenüber der Kirche Saint-Quiriace stand – altersschwach, schief, bemoost, geschwärzt, schimmlig, von Wind, Regen, Hagel und Himmelsglut gezaust – Mademoiselle Thérèses Haus; in Weiß und Gelb frisch gestrichen, glänzte es in dem allgemeinen

Grau wie ein Tabernakel, das den Ruhm von Monsieur Mouton beherbergte.

Dick war er wie eine kleine Bulldogge, Monsieur Mouton, den sein dichtes Fell noch dicker erschei-

nen ließ, als er war, und er hatte sehr große goldgelbe Augen, die kupfern schimmerten. Sein Haar war von lebhaftem Rot, orange gesprenkelt, kastanienbraun getigert; schüttelte er es im Licht, leuchtete es auf einmal wie Feuer, wie ein Fluß glühenden Metalls. »Mouton angelusfarbig«, sagte dann Mademoiselle Thérèse und dachte an den Teller auf ihrem Buffet, der mit dem Gemälde von Millet verziert war, und manchmal wieder »Mouton Sonnenuntergang, herrje, was bist du rot heute Abend, mein Dicker, bestimmt wird es regnen.«

Der Bauch war gelbes Stroh mit etwas weißem Flaum in der Nähe der Schenkel, Flaum, der so sanft war, zart und zierlich zwischen diesem Feuer und den Tönen des welken Buchenlaubs, rührend wie an den Läufen der Wildkaninchen, die beim Geflügelhändler am Haken hingen. Monsieur Mouton war ein stämmiges Tier, mit kurzen Beinen, kräftig, muskulös, mit einem Anflug von Raubtier. Sein langes Haar reichte fast bis zum Boden und plusterte sich an den Pfoten zu pelzbesetzten Müffchen, wie die weiten Pluderhosen der Zuaven, was ihm einen komischen, hühnerartigen Gang gab. Haarbüschel sprossen zwischen seinen samtenen Zehen. Oberhalb eines Stiernackens dann Monsieur Moutons Gesicht: breit, viereckig, mit kurzer

Schnauze, langen harten Schnurrhaaren, Backenbart und einer enormen rötlichen Mähne, die unterm Kinn sich zur Halskrause aufblähte, was aussah, als ginge er mit einem spanischen Kragen spazieren. Sein Schwanz war eine Flammenfahne im Wind; die flauschige Weichheit seiner seidigen Wolle, die beim kleinsten Atemzug wogte, ließ an gewisse Luxusblumen denken: »Du bist schön, Mouton, wie die gekräuselten Chrysanthemen am Palast von Cours la Reine.« Er war ein persischer Prinz, strahlend und kostbar, der mit seiner Gegenwart das dürftige Heim auszuzeichnen geruhte.

Im Lauf einer Woche hatte er dieses ihm unbekannte Haus von oben bis unten inspiziert; um ihn gnädig zu stimmen, stellte Mademoiselle Thérèse ihm überall etwas zu essen und zu trinken hin, lief nachts hinter ihm her, und hielt (recht unnötig), um ihm zu leuchten, ein Licht in der Hand. In der kleinen Küche im Erdgeschoß und im Raum mit den roten Fliesen, dem schönsten Zimmer des Hauses, beschnüffelte, untersuchte er alles mit Krallen, Schnauze und Schnurrbart, kratzte mißtrauisch und neugierig am Holz des Tisches und der Stühle, prüfte alle Kissen, sprang schließlich auf alle Möbel und inspizierte, ohne etwas zu zerbrechen, das Büffet und den Kaminaufsatz, als ob er von Mademoiselles ganzem Besitz ein vollständiges Verzeichnis anlegen müßte ... Dasselbe Spiel auf der Treppe, wo er sich mit jeder Stufe beschäftigte, und in Thérèses Stube, dem größten Raum, der auf den Kirchplatz hinausging. Von zwei weiteren war der eine verschlossen und diente als Abstellraum, in dem anderen wohnte eine arme Alte, einst die Freundin der Schneiderin, die Mademoiselle Thérèse aus Barmherzigkeit beherbergte und zu keiner anderen Zahlung verpflichtete, als Monsieur Mouton zu bewundern und sich zu jeder nur denkbaren Tageszeit sein Lob anzuhören. Ein Tischler kam und sägte unter Thérèses Aufsicht Löcher in alle Türen, um es dem Herrn des Hauses zu gestatten, überall hinzugehen, wo er wollte. In ihrem Zimmer kochte sich die Alte auf einer Petroleumlampe Brei und Ragouts; der Geruch von angebranntem Fett und altem Speck oder die Vorräte, die sie lange in ihrem Schrank aufbewahrte, zogen Scharen von Mäusen an, die ihr ärmliches Mahl teilten; so hatte die Öffnung des Katzentürchens sie sehr erfreut und ihr Hoffnung auf baldige Vernichtung dieses lästigen Ungeziefers gemacht.

Doch welche Enttäuschung! Der Schmutz gefiel ihm nicht, oder war es die ranzige Butter, die Ärmlichkeit? – nicht ein einziges Mal steckte Mouton seinen Kopf in jenes Katzenloch da unten; und die Mäuse vermehrten sich schlimmer als zuvor, denn die Anwesenheit eines Katers im Haus, obwohl der nicht daran dachte, ihnen etwas zu Leide zu tun, trieb sie alle der Alten zu, weil er sich dort niemals zeigte.

Die Alte war ein bißchen beschränkt; sie glaubte fest, daß eine Katze Mäuse fressen muß; sie hatte es satt zu warten, und eines Tages faßte sie den Mut, Thérèse um Erlaubnis zu bitten, diesen Mouton, in dem sie gern einen Wolf gesehen hätte, in ihrem Zimmer einzusperren. Frech war diese Alte und schon reichlich verblödet; wunderte sie sich etwa über die schroffe Antwort, daß Monsieur Mouton nicht jedermanns Kater sei, keiner, über den sie verfügen könne?

Und Mademoiselle Thérèse ging zum Bäcker, um sich seine Katze zu leihen, ein abgemagertes Tier mit langer spitzer Schnauze wie ein Marder oder ein Ichneumon, der Ratten und Mäuse rasch zur Räson bringen konnte. Thérèse, die von morgens bis abends »schuftete und rackerte«, sah mit leiser Verachtung auf die Arbeit dieses minderrassigen Wesens herab; sie bat die Alte, es bei sich gefangen zu halten, bis alles erledigt wäre, aus Furcht, es könnte mit Monsieur Mouton zusammentreffen.

Luxuskater und Armenkatze, sie wollte den Abstand gewahrt wissen, ihre Zuneigung galt nur den Aristokraten und den Glücklichen dieser Welt. Die Bäckermamsell, immer zum Kichern aufgelegt, hatte sich über Mademoiselle Thérèse ein bißchen lustig gemacht: dieser schöne Kater, dieser herrliche Kater, den der ganze Ort bewunderte und um den sie jeder beneidete, sollte der zu nichts taugen?

»Pfui, Madame, möchten Sie, daß ein persischer Angorakater in den Schränken der alten Honorine seinen Pelz besudeln soll, wenn er dreimal am Tag seine Milz und seine Lammleber hat . . .«

Mademoiselle Thérèses »Saal«, zugleich Salon und Speisezimmer, war weiß und rot, die Fliesen rot und die Wände weiß, mit alten Simsen, die sauberer waren als neue, darauf Kupfergeräte, dickleibig und unförmig, die im Schatten glänzten wie eine Monstranz. Die Vorhänge waren aus rosa Samt; einem Rosa, das einst die Mutter der beiden Schwestern ausgesucht hatte, weil es genau das gleiche war wie bei dem alten Stoff, mit dem das schönste Möbel im Zimmer noch immer bezogen war.

Da stand, in der Mitte des Raumes, wie ein Monarch im Exil, den man noch höher achtet, seit er seine Hoheit abgelegt hat, ein Louis-Seize-Sessel, dessen hellgrau bemaltes Holz einen erlesenen Rahmen abgab für die feinen roten Bilder auf seinem alten rosa Leinenbezug, auf dem Luftschiffer in altmodischen und galanten Perücken zu sehen waren, Aufstiege von dickbäuchigen Montgolfièren und Ballons, die über der waldigen Landschaft der Ile-de-France dahintrieben. Armlehnen und Rückwand zeigten in feinster Schnitzerei Köcher, Bogen, Pfeile, Knotenornamente; die kannelierten Füße waren nicht gerade, sondern gedreht, durchaus unterschiedlich, und mit größter Sorgfalt gearbeitet. Ein Wunder an Eleganz in diesem ärmlichen Haus.

Nach der Legende war das einmal der Lieblingssessel einer österreichischen Herzogin, die im Wald von Bugues ein Jagdschlößchen besessen hatte, das eher als den Spielen der Diana denen der Venus diente. Einige Reste verkalkter Mauern seien davon noch zu sehen. Während der Revolution und der anschließenden Plünderungen habe einer von Thérèses Vorfahren dieses Meisterwerk mit der Signatur eines berühmten Kunsttischlers an sich gebracht, und seitdem war es im Familienbesitz geblieben.

Die Schneiderin ließ nur ihre »wohlgeborenen« Kundinnen darin sitzen, und die Bürgersfrauen fürchteten sich vor diesem Möbel einer verkommenen Aristokratin, als sei darin eine Falle versteckt, die ihnen die Tugend raubte: eine Fallgrube in die Libertinage oder womöglich eine Sprungfeder, die die Beine spreizt. Einfältige Bürgerinnen: denn er war unter allen Sesseln einer der ehrbarsten, und seine Bequemlichkeit stand in nichts der Schönheit seiner Formen oder den hinreißenden Proportionen nach, die in einem Museum dafür gesorgt hätten, daß es durch eine Kordel, von einer Armlehne zur anderen, geschützt worden wäre. Augenweide und Sitzvergnügen, wer kann da schließlich der Einladung widerstehen und wer wollte sich nicht den lieblichen Tiefen eines mit Daunenfedern gepolsterten Kissens hingeben, nicht den Verlockungen, den sanften Zwängen, der liebenswürdigen Tyrannei dieses Sessels einer Herzogin oder eines kleinen Abbé erliegen?

Alle Katzen lieben es, sich immer am selben Platz auszuruhen und vor allem in den Ecken und Kuhlen, wo sie sich geborgen fühlen und es ruhig haben. Seit seiner Ankunft hatte Monsieur Mouton vom rosa Sessel Besitz ergriffen. Da war er zu Hause. Die Mulde, die das Kissen unter seinem Gewicht bildete, ließ ihn in den Daunen und im Schatten verschwinden, wo er wahrscheinlich auch das angenehme Gefühl der Sicherheit genoß, von drei Seiten durch drei Wände von Stoff umfriedet und geschützt zu sein. Da sah man ihn ganze Nachmittage verschlafen, friedlich, das Schnäuzchen unter den Vorderpfoten vergraben.

Eines Tages erschien die Comtesse Michel zu einem Wohltätigkeitsbesuch. Die Comtesse Michel, eine Gräfin von Napoleons Gnaden, war reich und lächerlich, sie wurde verspottet von den Bürgersfrauen wegen ihrer übersteigerten Eitelkeit und verachtet von den beiden Damen aus älterem Adel in Mélinet, der Marquise de Lambisque und der Vicomtesse d'Anitre, deren Hoheit und die Sorge um ihr Ansehen sie dazu nötigten, von Armenbesuchen abgesehen, nur miteinander zu verkehren. Von den Enttäuschungen, die sie in der großen Welt erlebte, war die Comtesse Michel ganz gelb und trübsinnig geworden; jedes Jahr glich sie mehr einer Gottesanbeterin; sie tröstete sich über ihr Unglück hinweg, indem sie den kleinen Leuten ins Haus fiel, verdienstvollen alten Jungfern, die der Pfarrer ihr empfahl. Sie verschaffte ihnen in ihrer Einsamkeit ein bißchen Gesellschaft, half ihnen manchmal etwas in ihrer Not, und sprach meistens sehr lange mit ihnen vom Paradies in der löblichen Absicht, so ihre eigene Zeit im Fegefeuer abzukürzen.

Es war bekannt, daß die Comtesse Michel keine Katzen mochte. Ihr seliger Mann, der Graf von Napoleons Gnaden, der sie auch nicht mochte, hatte sie von seinem alten Haushofmeister mit Steinen verjagen lassen, dem er zu diesem Zweck beigebracht hatte, wie man eine Schleuder handhabt. Und teilten nicht alle Michels auf der Welt mehr oder weniger diesen Haß auf die hübschen Katzentiere? War das nicht wie ein Freimaurerzeichen, das alle Glieder dieser großen Familie einte, unschuldige Opfer eines berüchtigten Gassenhauers?

Die Comtesse Michel hatte besonders darunter gelitten, denn es war das Lieblingsvergnügen der jungen Taugenichtse von Mélinet, Kiesel gegen die Fenster ihres Hauses zu werfen und dabei zu singen:

»Ach, die Mama Michel hat keine Mimi mehr..«

Man schmierte ihr solche Sprüche übers Tor und scheußliche Zeichnungen dazu; es war eine Hetzjagd; wie oft schon war sie nachts aus dem Schlaf hochgefahren, geweckt durch das ekelhafte Gegröle des bewußten Chansons. Und mit jdem Mal war ihr Abscheu vor den Kätzchen gewachsen.

Mademoiselle Thérèse stürzte der hochnäsigen Alten entgegen, die sich zierte und wand; sie begrüßte sie sehr höflich, versicherte ihre Ergebenheit und daß sie sich selbst — so Gott will — wohl befinde, und daß es zu gütig sei, sie zu dieser Stunde zu besuchen. Um sie besonders zu ehren, schob sie ihr den rosa Sessel hin, wobei sie dafür sorgte, daß sie sich mit dem Rücken zum Fenster setzte, dies, um ihr die Peinlichkeit von zuviel Tageslicht und den unpassenden Anblick von Monsieur Mouton auf der hölzernen Fensterbank zu ersparen, wo er vor der Scheibe saß, intime Toilette machte und sich zwischen den Beinen leckte.

Die Comtesse Michel, steif, vertrocknet und mager, setzte sich stets nur halb in einen Sessel; das heißt, sie lehnte sich nicht an, vielleicht aus Furcht, wenn sie sich tief hineinsetzte, nicht mehr aufstehen zu können, vielmehr saß sie ganz aufrecht auf der Kante, wie ein Papagei auf seiner Stange. Monsieur Mouton sah diese klaffende Mulde zwischen der Rückenlehne des Sessels und dem knochigen Rücken der Dame vom Fenster aus; er sprang und fiel genau mitten hinein. Ein Sprung von bewundernswerter Geschicklichkeit und Präzision. Die keifende Stimme mißfiel ihm; er wollte sich doch hinlegen und es sich gemütlich machen; unter den entsetzten Augen Thérèses, die sich nicht zu rühren wagte, reckte er sich hoch auf und schlug mit wildem Miauen alle zehn Krallen seiner zwei Vorderpfoten in Rükken und Nacken des ungebetenen Gastes.

Man hörte einen Schreckensschrei, die Comtesse Michel hatte einen Bocksprung gemacht, sie zitterte, sie gebärdete sich wie bei einem epileptischen Anfall, ihre gelbe Perücke fiel auf die eine, ihr Gebiß auf die andere Seite, in ihrem Mieder wogten ihre langen und mageren Brüste wie in den schönen Tagen ihrer Jugend, und eine Comtesse, die der Blitz getroffen hatte, rettete sich, ihre Perücke in der Hand, ihre Zähne über dem Handtäschchen vergessen, ohne noch Mademoiselle Thérèse anhören zu wollen oder zu können, die sich fast umbrachte, viermal nacheinander hinter ihr herzurufen:

»Ich bitte Madame la Comtesse um Verzeihung für Monsieur Mouton, er weiß nicht, was er Madame la Comtesse schuldig ist.« Die Geschichte machte in Mélinet die Runde, denn Mademoiselle konnte ihre Zunge nicht hüten, wenn es um den roten Mouton ging; öfter denn je wurde die Michel vom Klang des verhaßten Liedes aus dem Schlaf gerissen; sie dachte daran, das Land zu verlassen. Die Vicomtesse d'Anitre geruhte zu kommen, den Kater zu streicheln und sich das Abenteuer erzählen zu lassen; Thérèse am nächsten Tag zum Curé:

»Madame la Vicomtesse d'Anitre ist eine echte Gräfin, sie hat keine Angst, Mouton am Kinn zu kraulen, während dieses dumme alte Ding, die Comtesse Michel, mit Schreien wie ein Seeadler vor einem Krallenpfötchen geflohen ist, das nicht einmal ein Zwergmäuschen zum Piepsen gebracht hätte.«

Kurz, das war der Triumph des alten Adels über den der Kaiserzeit.

Wie so viele andere alte Jungfern, die in der Provinz vertrocknen, war Mademoiselle Thérèse das Opfer eines tyrannischen Wahns, dem fast alle Frauen erliegen: der Ordnungsliebe. Wie oft am Tage stellte sie den Inhalt ihrer Möbel und ihrer Koffer auf den Kopf, nur um ihn dann besser zu sortieren, nachdem sie ihn entstaubt, geklopft und sich versichert hatte, daß es nirgends an Insektenpulver, Pfeffer, Kampfer und Naphtalin fehlte; denn sie fürchtete Staub und Motten so sehr, wie die Michel die Katzen.

Bei dieser Arbeit zog sie eines Tages ein schönes Kleid aus ihrem Koffer, das schönste, das sie je besessen hatte; zu ihrem Leidwesen erschien es ihr ein bißchen zerknittert, und so legte sie es zum Aushängen und Lüften beiseite, um es später zu bügeln. Ein Kleid aus resedafarbenem Seidenmoiré, mit schwarzer Borte besetzt, das sie in Paris getragen hatte, um Jean Michel Vacherin zu begleiten, wenn er vormittags seine Schokolade bei kleinen Freunden trank, die ihn eingeladen hatten, sich bei einem

Marionettentheater oder einem Zauberkünstler die Zeit mit ihnen zu vertreiben. Zu diesem zeremoniellen Gewand, dessen Grün hübsche gelbe Reflexe hatte, trug Thérèse um den Hals ein schlichtes Band aus weißem Moiré; nicht weil das – Gott bewahre! – eine traurige Notwendigkeit gewesen wäre und sie da jene abstoßenden Falten gehabt hätte, die manche alte Damen Meeresschildkröten so merkwürdig ähnlich machen. Mit mehr als fünfzig Jahren war Mademoiselle Thérèses Fleisch so fest, wie es mit achtzehn gewesen war (Ausgleich vielleicht oder Trost dafür, daß sie nie Zärtlichkeiten kennengelernt hatte); unter ein paar leichten Fältchen war es jugendlich geblieben, wobei die Haut nur ein bißchen pergamentartig wurde. Diese Gouvernante, die bei den Herrschaften als Perle unter den Gouvernanten galt, hatte damals Wert auf Eleganz gelegt, um dem Kind Ehre zu machen, ihrem jungen Herrn; und dieses immer makellose Weiß, das ihre Kehle umschlang, war wie ihre Standarte oder ihre weiße Helmzier, strahlendes Zeichen ihrer Tugend, das sie stolz und erhobenen Hauptes auftreten ließ, wobei sie die Hände, in schwarzen Handschuhen, über ihrem resedafarbenen Bauch verschränkte.

Sie fand den Gedanken ärgerlich, ein so schönes Kleidungsstück wegzuschließen, das zu tragen sie während dieses Provinzaufenthalts wahrscheinlich nie mehr Gelegenheit haben würde; sie beschloß, es dem zu schenken, den sie auf Erden am meisten liebte, und daraus ein Prachtkissen für Monsieur Mouton zu machen; den reizte doch, wenn er durchs Haus schlich, jeder unbekannte Stoff oder jedes Stückchen Papier, sich gleich darauf niederzulegen.

Sie machte sein Kissen aus einem derberen Gewebe, machte es ungefähr so lang wie das Fenster und stopfte Roßhaar aus einer alten Schlummerrolle hinein; zum Schluß umhüllte sie es gänzlich mit der Seide des resedafarbenen Kleides. Zunächst hatte sie daran gedacht, es zu polstern, damit es prächtiger wäre und weil sie sonderbarerweise den vollen Klang des Wortes »Polster« so liebte wie den von »Mouton«, doch sie verwarf das schließlich aus Furcht, es würde dem geliebten Tier nicht gefallen, weil die Knöpfe der Polsterung es hätten ärgern können, wenn es mit seinen Krallen über den Bortenbesatz strich.

Als das Kissen fertig war, legte sie es auf die Fensterbank, die es genau ausfüllte; es war ein großartiges, kostbares Ding und glänzte in der Sonne; es hatte etwas vom Federbett einer gefeierten Kokotte. Die alte Demoiselle schalt sich, aufgeregt zu sein wie eine Erstkommunikantin, sie setzte sich zitternd daneben, ohne ein Wort zu sagen, und nahm sich eine Arbeit vor, um sich Haltung zu geben, während sie aus den Augenwinkeln sah, wie Mouton heranschlich. Mouton sprang auf ihren Schoß und von dort auf das neue Kissen, das er lange mißtrauisch beschnüffelte, bevor er beschloß, es mit seinen Krallen zu bearbeiten; dann legte er sich in Sphinxstellung darauf, schloß halb die Augen und verschränkte unter sich die Pfoten; einen Augenblick später fing er an zu »singen«, wie Mademoiselle Thérèse sich ausdrückte, das heißt, er ließ diesen komischen Geigenkratzton hören, dieses sinnnliche Röcheln, in das die Katzen soviel Wollust legen und das man gemeinhin Schnurren nennt.

Die Gabe war akzeptiert worden, das Opfer vollbracht, Mademoiselle Thérèse spürte, wie nach diesem Liebes- und Demutsakt ein seltsames Vergnügen sie ganz überflutete, wie alles Blut in ihrem Gesicht, in ihren Ohren zusammenschoß und in ihren Schläfen dröhnte. Aus dem einzigen Überrest ihrer Eleganz, aus diesem Kleid für die Anstandsdame einer Infantin, das um sie her ein köstliches Rauschen knisternder Seide verbreitete, hatte sie das Bett für ihren Kater gemacht. Es war ein solches Glück, nachdem sie das Opfer für ihn gebracht hatte, ihn schlafen zu sehen, faul wie eine

»schöne, fette Sultanin«, in diese Pracht vergraben, die einst ihre eigene Haut umhüllt hatte, daß sie diesen zauberhaften Tausch noch vollkommener machen wollte und eines ihrer alten weißen Moirébänder heraussuchte, um es ihm um den Hals zu legen. Eine überflüssige Zärtlichkeit, die ihr nur das Ungemach bescherte mitanzusehen, wie Monsieur Mouton diesen Schmuck ungeduldig an sich riß, um ihn alsbald zwischen Krallen und Zähnen zu zerfetzen.

Seitdem war im Leben der Alten und des Katers eine neue Gewohnheit entstanden. Mademoiselle Thérèse, die feine Nadelarbeiten machte, Stopf- und Ausbesserungsarbeiten für ein paar Kunden, die ihr wenig zahlten, nähte am Fenster, Monsieur Mouton ruhte auf seinem Kissen, friedvoll und majestätisch wie der Papst in der Sedia gestatoria. Zur Stunde, da die Dämmerung auf dem reseda Moiré und im roten Fell des Katers Freudenfeuer entzündete, unterbrach sie voller Bewunderung ihre Arbeit und dachte, das bortenbesetzte Kissen sei ein Thron von grünem Gold oder Marmor, des Adels und der Schönheit Monsieur Moutons würdig; ein Thronkissen.

Eines schönen Sommerabends — das Fenster war offen geblieben, Monsieur Mouton sang leise auf seinem Thronkissen, von der Kirche Saint-Quiriace flossen Orgelklänge durch die warme Luft — wurde Mademoiselle Thérèse von solcher Liebe überwältigt:

»Mouton, mein hübscher Kater, mein dicker Mouton, wie gerne möchte ich deine Nonne sein.«

Und betroffen sah sie hinaus, ob da jemand vorbeiginge, der das vielleicht gehört haben könnte.

Wahrhaftig, Monsieur Mouton war gewaltig: wenn er sich hinlegte, hatte er Ähnlichkeit mit einer Kuh; mit einem Seidengebirge, wenn er sich setzte, oder einer Pyramide, so breit war sein Unterbau; er war ein sehr dicker Kater, was Thérèse mit Neid, aber auch mit Stolz erfüllte, und manchmal mit etwas Kummer, denn sie selbst hatte, was sie auch tat, nie so zulegen können, wie sie es gewünscht hatte.

Man könnte es Verrücktheit nennen; im Kopf der

guten Alten hatten sich jedenfalls als absolut gesicherte Werte festgesetzt: die Liebe zu und die Ehrfurcht vor der Wohlbeleibtheit; denn diese schien ihr die Gunst des Himmels zu bezeugen und zugleich ein Zeichen der Tüchtigkeit und des Seelenfriedens zu sein. Wenn die Gerechten nicht alle gleich dick waren, dann nur, weil sie nicht alle gleich viel Glück und Seelenfrieden hatten, doch der Dicke war immer ein Gerechter, und Mademoiselle Thérèse verehrte die Dickleibigkeit, wie sie auch die Kraft verehrte, die Schönheit und gewisse Formen des Glücks. Reichtum ließ sie gleichgültig, und die mageren Reichen bedauerte sie sogar, oder auch eine Reiche wie die Comtesse Michel, wenn sie sich überlegte, daß sie unredlich sein mußten oder gewiß unglücklich, da sie ja reich waren und nicht dick, und das zeigte zur Genüge, daß sie keinen Seelenfrieden hatten. Aber mehr noch als an den Menschen liebte sie die Leibesfülle an den Katzen, die größte Dicke des geliebten Wesens riß sie zu wahrem Entzücken hin. Sah sie darin nicht sogar etwas, das im Bereich des Menschlichen der Heiligkeit entsprach; ein göttliches Gnadengeschenk, das sich durch die eigene Kraft des Tieres zu jener wunderbaren Fülle von Fett, Fleisch und Fell entfaltet hatte, die Ruhm und Vollkommenheit bedeutete?

Monsieur Mouton war die Vollkommenheit; und jeden Tag lobte sie Gott, der zwar Mademoiselle Thérèse weder Fülle noch Heiligkeit beschert hatte, aber wenigstens ihrem Hause den dicksten Kater der Provinz.

Jedes Jahr und gleich nach Weihnachten schrieb Mademoiselle Thérèse an Madame Vacherin, wünschte ihr ein gutes neues Jahr, bedankte sich für frühere Freundlichkeit und teilte ihr das Neueste von Monsieur Mouton mit: »So dick, Madame, so dick, daß er Sterbende vor Freude springen und tanzen lassen könnte, wahrhaftig so dick, daß Monsieur Jean Michel, wenn er ihn vom Paradies aus sieht, da ›wegsterben‹ müßte vor Verlangen, einen Augenblick herniederzusteigen, um an ihm ›herumzukneten‹.«

Doch Madame Vacherin, die mager war, verachtete Dickleibigkeit, fand sie vulgär; und um sich nicht ärgern zu müssen, warf sie alle Briefe dieser Katerverrückten ungeöffnet weg, wünschte sie zum Teufel samt ihrem häßlichen gelben Vieh.

Die Liebe zu Monsieur Mouton und die Sorge, ihn gut zu pflegen und seinen Speiseplan abwechslungsreich zu gestalten wie für einen anspruchsvollen Herrn, war er doch ein großer Feinschmecker, ließen Thérèse von einem Laden zum andern, vom Kaldaunenhändler zum Fleischer, laufen. Der Kaldaunenhändler war ein kleiner, stiller und blasser Mensch, der sich seines abstoßenden Gewerbes schämte und sich zu entschuldigen schien, daß er existierte und mit Innereien handelte. Er bediente die Leute, ohne ein Wort zu sagen, und nie hatte er sich die kleinste Bemerkung erlaubt in der langen Zeit, seit Thérèse bei ihm einkaufte, eine große Scheibe Leber vom Lamm oder vom Kalb für ihren Kater und eine kleine Rinderleber für sich selbst. Im übrigen hatte der Kaldaunenhändler Angst vor den Damen. Der Fleischer Gilles Goudre hingegen liebte nichts so sehr, wie sie aus der Fassung zu bringen; an dieser Gewohnheit hielt er fest seit den galanten Tagen seiner Jugend, von denen er gern erzählte; erbarmungslos trieb er Scherze auf Kosten seiner Kundinnen, um seinen Prahlereien Nachdruck zu verleihen; er sparte nicht einmal die Alten oder die Häßlichen aus und konnte auch der Frömmsten kein Filet verkaufen, ohne saftige Späße mit hinüberzureichen, so zudringlich etwa wie eine Hand, die fummelt und kost. Nicht ohne Angst wagte sich Thérèse, die zum Daueropfer ja wie geschaffen war, in diese Höhle, in der Goudre sein Fleisch haute und Witze riß. Doch die Geduld der sanftesten aller alten Jungfern hört schließlich auf, wenn man an das rührt, was sie lieben. So wurde Mademoiselle Thérèse eines Tages rebellisch, weil der Fleischer, der ein schönes Entrecôte mit einem dürftigen kleinen Kotelett zusammen einpackte, ihr direkt ins Gesicht gelacht hatte. »Ich möchte bei Ihnen, Monsieur Goudre«, sagte sie mit fester Stimme, »mehr Ehrfurcht sehen vor Monsieur Mouton, der Ihr Kunde ist und großen Appetit hat, denn er ist so dick wie eines dieser kleinen Lämmer, die Sie so grausam umbringen.« Doch alles, was der flotte Fleischer sehen ließ, war ein Lächeln und ein ironisches Augenzwinkern . . .

»Wie dick er auch sein mag, Mademoiselle, da kenne ich einen, der noch viel dicker ist als er, in einem Haus, in das ich oft gehe und wo Sie nicht hingehen werden: es ist Manon, der Kater vom *Clair de lune.*« Da stockte Mademoiselle Thérèse der Atem und sie mußte sich, um nicht zu taumeln, an einer blutigen Schweinepfote festhalten, die wie ein Glockenstrang in Reichweite ihrer behandschuhten Hand hing. Hätte jemand sie ärger treffen können?

»Manon«, stammelte sie wirr, »was fällt Ihnen ein, Monsieur Goudre? Wahrscheinlich ein Kastrat . . . ein Ungeheuer, ein Krüppel, ein armes Vieh, das ich nicht haben möchte, nicht mal in einer Hundehütte. Und Monsieur Mouton, der sich so gerne herumtreibt ... Wie könnten Sie ihn in einem derartigen Haus halten? Vor Ausschweifungen würde er abmagern, und das Wohlleben brächte ihn um.«

Sie wußte nichts mehr zu sagen und schwieg, stürzte hinaus und lief völlig verstört nach Hause; nachts konnte sie nicht schlafen, denn sie hatte Manon und das *Clair de lune* im Kopf. Am nächsten Tag sprang ihr Kater auf ihren Schoß, sie drückte ihn an sich, sprach mit ihm, streichelte ihn, sah ihn an, all das traurig, es gelang ihr nicht mehr, ihn so königlich zu sehen, wie sie ihn zuvor gesehen hatte; er war ohne Frage ein sehr dicker Kater, aber seine Dicke hatte den Charakter des absoluten Superlativs, den der »Vollkommenheit« verloren. Der schreckliche Zweifel blieb, zusammen mit der Vision von Goudre, der ekelhaft grinste. Nie käme sie über ein Nachlassen ihrer Liebe hinweg, und der böse Gedanke, Manon sei dicker als Mouton, wurde ihr bei Tag und Nacht zu einer unerträglichen Qual. Oft suchte ein Gedanke sie heim, den sie, beklommen, lange Zeit zurückwies; und dann hielt sie es nicht mehr aus; verzweifelt, ihren Schlaf nicht wiederzufinden und das bißchen Seelenfrieden, das sie früher gehabt hatte, setzte sie sich schließlich über ihre Scham, über ihren Stolz auf jungfräuliche Reinheit hinweg, beschloß mutig, sich Klarheit zu verschaffen und selbst zum *Clair de lune* zu gehen, um den Gegenstand ihrer Eifersucht in Augenschein zu nehmen.

Die Rue aux Juifs war eine enge Gasse im schäbigsten Viertel von Mélinet, abschüssig, feucht, schmutzig und stinkend. Vom alten Konvent der Ursulanerinnen fiel sie über bemooste steinerne Treppen zum Gourgon hin ab, der sie im Frühjahr halb überschwemmte. Es war eine verrufene Straße, verödet am hellen Tage, wo nur nachts und heimlich Passanten hinkamen, wenn die Lichtreklamen der bescheidenen *Mélinette* und des üppigen *Clair de lune* gegenüber aufleuchteten. Um das Abenteuer zu wagen, wartete Mademoiselle Thérèse schlechtes Wetter und eine mondlose Nacht ab; früh löschte sie ihr Licht, um glauben zu machen, sie schlafe, und schlüpfte gegen elf Uhr hinaus, wie eine Frau aus dem Volke in einen großen rostfarbenen Schal gehüllt. Man bleibt nicht lange auf in den Provinzstädten, wenn es finstre Nacht wird und wenn der Wind in Böen bläst; alles war geschlossen; Thérèse stieg zum unteren Ortsteil hinab, nahm aus Vorsicht den Weg längs der Stadtmauer und traf niemanden außer drei armen Katzen am Bach, mager und haarlos, die sich balgten und Reißaus nahmen, als sie näher kam. Hastig stürzte sie sich in den engen Schlauch der Rue aux Juifs, stolperte über undefinierbar Weiches, das im Dreck schwamm, voller Ekel vor dem Gestank des Schmutzes und den Ausdünstungen, die den schmierigen Mauern entwichen.

Die Tür der *Mélinette* stand halb offen, heraus drang trunkenes Gelächter, Klirren von Gläsern und Flaschen, Polkafetzen von einem mechanischen Klavier, das stotterte, aufhörte, dann um so lauter loslegte, und über all dem eine schlüpfrige Litanei, die die näselnde Zitterstimme einer alten Frau unermüdlich alle paar Minuten wiederholte:

»Mit Schwung, mit Schwung aufs Lotterbett ... mit Schwung, mit Schwung aufs Lotterbett ...«

Hinter seinen rötlich schimmernden Fensterscheiben ruhte das *Clair de lune* in Totenstille. Die Kälte, diese Stille und der seltsame Schimmer weckten in der Seele der armen Thérèse Scheu und Furcht; wie unter einem Bann, zögerte sie vor dieser Schwelle, als wäre da irgendeine unbekannte Kirche, vielleicht eine Satanskirche, ja, der Vorraum zur Hölle. Für einen Augenblick war ihr dagegen das Gedröhn der *Mélinette* fast angenehm, doch das Verlangen, das fabelhafte Tier kennenzulernen, das ihre schlaflosen Nächte heimsuchte und das der geheimnisvolle

Palast des *Clair de lune* ganz sicher verbarg, bewog sie, die Klingel zu ziehen. Unverzüglich öffnete sich die Tür mit den kleinen Scheiben, hinter der man sie offenbar durch einen Spion beobachtete.

Sie stand in dem engen Vorzimmer, das in einem stierblutfarbenen Rot gehalten und ziemlich dunkel war, vor einer Pförtnerin mit eingefallenen Lippen, die albern kicherte und dabei weißliches Zahnfleisch ohne jeden Zahn sehen ließ; bekleidet mit Seidenfetzen, geschmückt mit falschem Geschmeide und schwarzen und rosa Straußenfedern, geschminkt wie eine Sultanin auf der Bühne, malvenfarbig unter den Augen und mit rissigem Grün, Ocker und Rosa auf den Wangen, mußte die Unglückselige zu allem Überfluß auch noch stumm sein, denn ihre ganze Rede beschränkte sich auf ein dumpfes tierisches Grunzen. Nachdem sie sie — dicht vor der Nase — lange aus nächster Nähe angeschaut und selbst ihren Atem beschnüffelt hatte wie bei einer Trinkerin, machte sie Thérèse ein Zeichen, ihr zu folgen, und ließ sie in einem wunderbaren Salon allein, der einer Unterwasserlandschaft glich; alles war in meergrünes Licht getaucht, das durch die azurblauen Glasfliesen eines durchscheinenden Fußbodens schimmerte. Dunkelblaue Samttapeten und leicht bläuliche Musselinvorhänge öffneten sich hier und da auf einen milchig trüben Spiegel, fielen auch von der muschelverzierten Decke in schmalen Bahnen, in Streifen, die blasser als das übrige waren und wie Eisstalaktiten aussahen. Weiße Aktstatuetten trieben, wie Korallen verzweigt, im milden bläulichen Licht; weiter unten sah man sonderbare vergoldete Möbel glänzen: Sessel in Gestalt von Muscheln oder riesigen Kraken, von Seepferdchen, Delphinen und Wasserschildkröten getragene Konsolen, ein obszönes Kanapee, auf dem Fische mit dicken Köpfen sich mit Sirenen vergnügten.

Mademoiselle Thérèse hatte dergleichen nie gesehen. Angesichts dieser Ansammlung verschiedenartigster Ungeheuer rief sie den Namen Gottes an, raffte ihren Schal über der Brust zusammen und zog ihren Rock bis auf die Füße. Die Spiegel reflektierten das Bild dieser tapferen Jungfer, die, den Tritonen ausgeliefert, doch ruhig blieb und die Augen offen hielt, ohne ihre Ungeduld zu zeigen; denn sie war hier, um bald auf Samtpfoten den mächtigen Kater erscheinen zu sehen, den sie in den Tiefen dieses schrecklichen Abgrunds zu finden gedachte. Es kam nur eine mächtige Dame, völlig nackt unterm Satin ihres knallroten Kleides, das hinten vom Nacken bis zu den Hüften auseinanderklaffte und vorne unter langen violetten Amethystkolliers verschwand, rauschend und unablässig bewegt durch das Wogen eines kolossalen Busens, der in einer unsichtbaren Dünung zu schaukeln schien.

Die souveräne Chefin des *Clair de lune*, Madame Ranâtre, die in ihrem Reich meist Cleopatra genannt wurde, musterte Mademoiselle Thérèse eingehend durch eine rubinbesetzte goldene Lorgnette; ihr fettes Fleisch verströmte einen aromatischen Duft, ihr Blick war wohlwollend, und sie fragte mit einer sanfteren Stimme als eine barmherzige Schwester nach ihren Wünschen.

So gut sie konnte, machte ihr Mademoiselle Thérèse ihre Aufwartung; sie bewunderte diese schöne Person tief, die so groß und so dick war, daß sie Befürchtungen bei ihr weckte, in Manon, wenn er Cleopatras würdig war, die reine Inkarnation »des Dicken« zu finden. Und Thérèse erzählte ihr, ohne abzusetzen, von der Dicke und der Schönheit Monsieur Moutons, ihrem Stolz; von der Gemeinheit des Fleischers Goudre, ihrer Scham und ihrem Kummer; schließlich, daß sie selbst wohl verrückt sein müsse, aber gekommen sei, sie zu bitten, ihr diesen unbekannten Kater zeigen zu wollen, diesen sagenhaften Manon, von dem sie seit zwei Wochen träumte. Madame Ranâtre war eine gutmütige Frau, sie liebte Unschuld und Anständigkeit, die nur selten den

Weg in ihr Haus fanden; Thérèse gefiel ihr sofort, denn der Eifer, mit dem sie von ihrem Kater sprach, rührte sie, ohne daß sie darin, wie es so viele Spießbürgerinnen getan hätten, und wie Mademoiselle Thérèse selbst, eine Verrücktheit sah, vielmehr wahre Unschuld.

Sie schlug einen Gong, der dort hing, und ordnete an, Manon im Persersalon vorzuführen. Die beiden Frauen stiegen zusammen in den ersten Stock hinauf; Madame Ranâtre mußte Mademoiselle Thérèse vor sich herschieben, die immer unruhiger wurde, je weiter sie in diese bizarre Welt eindrang. Der Persersalon verwirrte sie vollends. Sie begann darin herumzuflattern wie ein gefangener Vogel, stieß bei jeder Bewegung an Zwischenwände aus symmetrisch angeordneten Spiegeln, die ihr Bild ins Unendliche wiederholten, bis es sich verlor in einem unentwirrbaren Wald von maurischen Säulen, Kapitellen, Spitzbogen und Arabesken zwischen einem ganzen Wust von ziselierten oder mit Türkisen und Perlmutt eingelegten Möbeln, von Golddamast, langen Tabakpfeifen, rosa, violetten und pistaziengrünen Schals. Armes, gutes spätes Mädchen in der Falle dieser galanten Rattenfängerin: hob sie als letzte Zuflucht die Augen zum Himmel, sah sie sich verkehrt herum in den Deckenspiegeln hängen wie eine Verdammte mit dem Kopf nach unten und den Beinen in der Luft; aber wenn sie in die Fußbodenspiegel hinuntersah, war es noch schlimmer, und das Schauspiel, das sie in ihrer Scham bot, ließ sie wie angewurzelt erstarren, die Röcke an sich pressen und erröten.

Die Ranâtre nahm sie mit jener mütterlichen Zärtlichkeit beim Arm, die unter Kupplerinnen so häufig vorkommt, und tätschelte ihr freundlich Nacken und Rücken, um ihr Mut zu machen; dann lächelte sie ihr verständnisinnig zu, mit einem Lächeln, das alles versprach, und wies mit dem Finger auf ein graues Plüschsofa in einem tiefen Alkoven.

Manon, dieser Minotaurus, auf dessen Renommee hin sich Mademoiselle Thérèse in das Labyrinth des *Clair de lune* gewagt hatte, ruhte da friedlich, die beiden Vorderpfoten unterm Kinn verschränkt, inmitten von Spiegeln und einem großen Durcheinander bestickter Stoffe. Der dicke gelbweiße Kater schien in diesem Luxusrahmen glücklich zu sein, er schnurrte, und seine Krallen streichelten sanft den grauen Plüsch. Er war sicherlich ein schöner Kater, ein guter und schöner Kater, ein sehr dicker Kater, ja letztlich ein ganz besonders liebenswerter Kater, da man an ihm nichts gefunden hätte, absolut nichts, weder an seiner Figur noch an seinem Fell noch in seinem Gesichtchen, das sich auch nur annähernd vergleichen ließe mit den überlegenen Reizen von Monsieur Mouton. Thérèse erkannte auf den ersten Blick, daß sie nun befreit war, sie spürte, wie sich der göttliche Seelenfriede, der ihr so lange gefehlt hatte, in sie senkte und sie füllte wie ein Gefäß. Sie vergoß süße Freudentränen, als sie sich an Cleopatra wandte, um Manon zu loben, und all das Lob, das ihr in den Sinn kam, trug sie so dick auf, wie sie konnte, denn zur gleichen Zeit, wie sie das sagte, fühlte sie nur zu deutlich, wie sich auf ihrem Gesicht und in ihrem triumphierenden Blick Monsieur Moutons siegreiche Stattlichkeit und sein Ruhm offenbarten.

Lobte sie Manon mit lauter Stimme, so beklagte sie ihn doch insgeheim, weil er so schlaff und so verweichlicht war; sie ertappte sich sogar (so rasch hatte sie sich von der Bordellatmosphäre einnehmen lassen) bei dem Gedanken, man könnte doch sehen, daß ihm etwas fehlte und daß er unmöglich jemals diese stolze stierhafte Haltung, diesen männlichen Adel eins »*mouton taureau*« – eines »stierhaften Schafsbocks« – haben würde, der ihr Herz so bewegte. Alle beide lachten vor sich hin, schwelgten in Seligkeit; Thérèse genoß es, erlöst zu sein, Cleopatra die Freude, die dieses fromme Mädchen ausstrahlte, das ihr – durch welches Wunder? – ins Haus geschneit war und ihrem Etablissement zur Ehre gereichte. Der Kater machte, indessen vergeblich, Thérèse schöne Augen; Cleopatra kraulte den Kater unterm Kinn und zwischen den Ohren; er schnurrte prächtig, und es war eine sehr schöne festliche Stimmung im Persersalon.

Jetzt blieb nichts übrig als zu gehen, doch hätte der Aufbruch der Besucherin alles verdorben; was erfinden, um sie zurückzuhalten, es ihr noch angenehmer zu machen? Neben Manon auf den Divan hingestreckt, lag Cleopatra außer sich vor Glück; ihre wogende Brust schwellte die Seide, sie verbreitete einen starken Duft. Als Mademoiselle Thérèse sich erhob, um Abschied zu nehmen, ergriff die Chefin ihren Arm, hielt sie fest und klingelte nach Fruchtsäften und Likör. Fast mit Gewalt drängte sie ihr einen Löffel voll Rosenkonfitüre auf, mit einem Gläschen Bergamottextrakt, bitter und süß zugleich, der sie schwindlig machte und eine leichte Trunkenheit verursachte.

Räucherkerzen aus dem Serail, die in drei Onyxschalen um sie herum schwelten, steigerten ihre Verwirrung. Begriff sie eigentlich, worum es ging in dieser Minute, als Cleopatra sich zu ihr neigte, sie zärtlich in die Arme schloß und ihr ins Ohr flüsterte, sie werde ihr gleich ihre Lustdamen ganz nackt im Warteraum zeigen. Ohne gesehen zu werden, wenn sie es wünschte, mithilfe eines Periskops.

Die Weihrauchwolken, die durch die Luft schwebten, hatten sie so benebelt, daß sie nichts mehr hätte verweigern können; sie willigte ein, ließ sich vor eine Art quadratische Schublade führen, die Cleopatra plötzlich aus einer Säule klappte, und sah hinein. Ein Spiel von Spiegeln im Innern dieser Säule, einer auf den anderen eingestellt, versetzte den Betrachter in den Salon im Erdgeschoß.

Im Mittelpunkt des Raumes mit orientalischen Teppichen war ein sehr großes, halbkreisförmiges barockes Kanapee zu erkennen, beglänzt von einem Lüster mit Kristallfacetten, der das Altgold und den Purpurbrokat in Flammen tauchte. Dort lagen, lässig und nackt, fünf Frauen hingestreckt. Nicht ahnend, daß sie beobachtet wurden, plauderten sie, ohne daß man ihre Worte verstehen konnte; noch verführerischer in ihrer Stummheit, während man sie sprechen sah, so still in ihrer Abgeschiedenheit und so hinreißend, daß es ein Jammer gewesen wäre, sie darin zu stören. Auf dem Bauch liegend, zeigte die eine dieser Sultaninnen eine fette Kruppe mit dem Glanz von Pfirsichblüten; zwei andere rauchten Wasserpfeifen, die gegen den Lüster einen zarten opalenen Rauch aufsteigen ließen.

Nun, diese Frauen sahen aus wie Katzen, fünf schöne rosa oder weiße Katzen, glücklich und fett, schnurrend auf einem gewaltigen Thronkissen; und das bewirkte, daß Thérèse keine Scham empfand, sie zu betrachten, obwohl sie nackt waren, daß sie sogar Gefallen daran fand, während Cleopatra ihr leise die Namen zuflüsterte:

Pomponette, Théodoline, eine große Blonde, füllig, reif, heiß und verführerisch, Babouche, gewaltig und ohne ein Haar am ganzen Körper, mit einer sehr weißen, glatten Haut, über dem Bauch so fest wie ein Lederschild, Muscardine, dicht behaart, gelockt, dunkel, stämmig und gedrungen wie ein Bär, schließlich ein erstaunliches Mädchen von sechzehn Jahren, Narine, zierlich und den Statuen von Hermaphroditen ähnlich, mit rundlichen Armen, hauchfeinen langen Haaren, die über die Schultern flossen, und spitzen Fingernägeln, die sie polierte und fröhlich mit Perlmuttemaille lackierte.

In dieser Nacht sah Mademoiselle Thérèse lange zu, wie die hübschen Liebestierchen, die keine Freier hatten, auf ihrem Kanapee spielten, und als sie das *Clair de lune* verließ, war es so spät, wie sie noch nie ins Bett gegangen war. Sie umarmend, gelobte Madame Ranâtre, ihr Geheimnis zu bewahren; sie selbst versprach, ein andermal wiederzukommen.

Draußen hatte der Wind nachgelassen; das Frühlicht kroch empor. Thérèse ging sehr erschöpft und nachdenklich nach Hause. Im Zweifel, ob zu glauben sei, was ihr diese kaum vorstellbare Nacht alles enthüllt hatte, ging es ihr immer wieder durch den Kopf, wie die Furcht, ihre Liebe zu Monsieur Mouton könne schwinden, sie in die Hölle hinabgeführt und wie sie dort etwas Paradiesähnliches gefunden hatte. Der Kater wartete zu Hause so voller Ungeduld auf ihre Rückkehr, daß er an der Tür kratzte, als sie den Schlüssel im Schloß herumdrehte. Er sprang wie ein Verrückter in ihre Arme und bereitete ihr einen begeisterten Empfang; er war dick, er war sanft, er war rot, er war schön wie die Sonne. Frühmorgens, beim Erwachen, fand sie ihn singend auf dem Kopfkissen neben ihrem Gesicht; als sie ihn erkannte, lächelte sie selig und begann das wundersame Reich von Cleopatra und Manon zu vergessen. Die Erinnerung an die Perlmuttnägel der ungemein hübschen Narine plagte sie noch einige Zeit; am liebsten hätte sie Monsieur Moutons Krallen lackiert, aber das hätte er nicht mit sich machen lassen. Sie kaufte nur nach ein paar Tagen Spiegelbruchstücke und ließ neben dem Herd eine Spiegelnische bauen, wie sie es bei Manons Alkoven im Persersalon des *Clair de lune* gesehen hatte, denn sie hätte es nicht ertragen, einen Kastraten um seinen Luxus zu beneiden. Außerdem, es ist doch wahr, sollte Monsieur Mouton etwa weniger gut untergebracht werden als eine Hure?

Der Frühling war wieder da und mit ihm das schöne Wetter. Ein ungewöhnlich warmer Tag hatte Mademoiselle Thérèse, die unter Unwohlsein, Schwindelgefühl und »Kopfweh« litt, sehr mitgenommen. Das quälte sie, denn sie fühlte sich noch nicht so alt, fand sich nicht so leicht damit ab, weniger frisch und regsam zu sein. Am späten Nachmittag folgte sie dem Bedürfnis, etwas frische Luft zu schnappen, ging aus dem Haus, um sich draußen hinzusetzen, ohne noch Kraft zu haben, ihre Handarbeit weiter zu machen. Sie pflegte oft zu sagen, Müßigsein falle ihr genau so schwer wie Kranksein; im Grunde fiel es ihr viel schwerer. Ihre Kalksteinbank stand an der Seite des Platzes Saint-Quiriace,

vor der Kirche dieses Heiligen, unter den alten Linden, die Schattenflecken mit kleinen Lichtmonden auf die Erde warfen und die Luft mit einem schweren Kräuterduft tränkten. Ganz außer Atem, setzte sich Thérèse in den Schatten, während ihr Kater sich neben ihr in die Sonne legte; trippelnd war er ihr mit den kleinen, leichten Schritten eines tänzelnden Pferdchens gefolgt. Er glänzte noch schöner als der rote Mantel des heiligen Joseph im Mittelfenster der Kirche.

Rings in der Stille dösten alte Leute, über dem Platz lag eine trauliche Ruhe und angenehme Reglosigkeit; die wurden auf einmal heftig gestört durch die Ankunft eines quietschenden Wagens voller ausländischer Touristen, die Kapuzen trugen und lärmten. Sie besichtigten den Ort und wollten die alte Kirche sehen. Sie waren im übrigen, kaum eingetreten, auch schon wieder draußen, doch Monsieur Moutons Schönheit, der dort auf seiner grünlichen Bank lag wie eine babylonische Sphinx aus orangefarbenem Stein auf einem Bronzesockel, ließ sie hier stehenbleiben und in Bewunderung verharren.

Wahrscheinlich sagten sie sich, so etwas nach Hause zu bringen wäre ein hübsches Reiseandenken und würde mehr Spaß machen als Trödelkram oder Wurstwaren. Nach rascher Beratung löste sich aus der Gruppe eine Frau in weißem Staubmantel und mit einem braun-schwarzen Gesicht unter der gelben Brille, trat vor und gab dem Kater drei kleine Klapse auf den Kopf, die vielleicht liebevoll gedacht waren; dann sagte sie, ganz ungeniert, zu Thérèse, daß »man« ihn ihr abkaufe, und sie solle seinen Preis nennen.

Das war, als ob Mademoiselle Thérèse den Teufel gesehen hätte, und hätte man ihr vorgeschlagen, ihr die Seele abzukaufen, hätte man sie in keinen schlimmeren Schreckenszustand versetzt; zunächst blieb sie wie betäubt, fand kein Wort zu sagen, keinen Protest, so daß die Fremde glaubte, sie wolle handeln. Die Fremde drängte, sagte, sie solle sich endlich beeilen, da »man« wenig Zeit habe, doch »man« sah bald, wie Thérèse ihren Kater an ihre Brust zog, aufstand und die Versucherin mit einer großen Gebärde so voller Haß und Verwünschung zurückstieß, daß »man« zurückwich. Die Barbarin gesellte sich wieder zu ihren Reisegefährten, die sich entfernten und über diese wunderliche »bäurische Mentalität« spöttelten.

An diesem Abend ging Thérèse im Ort von Tür zu Tür, ihr Blut war noch in Wallung von dem Schimpf und sie so erregt, daß sie in ihrem ganzen Körper ein Brennen spürte, als hätte sie Gift in den Adern. Und jedesmal, wenn sie mit den abgehackten Bewegungen einer kaputten Gliederpuppe und vor Wut krächzender Stimme den Vorfall wieder erzählte, nahm dieser an Ausführlichkeit zu; und an Heftigkeit und Hoheit auch jedesmal ihre Antwort an die freche Fremde.

»Dieses Miststück, diese Ägypterin mit grüner Brille, diese dreckige, angemalte Schwarze, stolz in ihrem Gummimantel bei hellem Sonnenschein, wie eine Irre. – Nicht zu glauben, wollte doch diese Scheichin Monsieur Mouton kaufen, für Geld, wie einen arabischen Sklaven. – Behaltet eure Affenrupien und geht nach Hause in euer Heidenland; bei uns ist Christenland, und ein Land der Liebe. – Müßte ich da nicht ein Judas sein, wenn ich meinen Herrn und mein Lamm, Monsieur Mouton, an Fremde verkaufte.«

Die ersten Frühlingstage, diese duftenden und schweren Tage, die das alte Fräulein betäubten und wunsch- und kraftlos machten – zu gar nichts mehr Lust, sagte sie zu allen Leuten –, so schlaff, daß es der abscheulichen Beleidigung bedurft hatte, um sie ein bißchen aufzuwecken und in Wut zu bringen, hatten auf den Kater eine völlig gegenteilige Wirkung: Monsieur Mouton geriet in Erregung, trunken von Düften und milden Lüften, Monsieur Mouton war frühlingstoll. Man hätte ihn gern im Haus festgehalten, aber das war verlorene Mühe; fand er ein Fenster offen, sprang er hinaus, das Fell zur Bürste gesträubt, den Schwanz zur Fahne geplustert, und war bald wie eine Furie verschwunden.

Mit ihren verfallenen Strebepfeilern, ihren Bögen, ihren wackligen Portalen und ihren schlecht befestigten Gesimsen stellte die morsche Kirche von Saint-Quiriace ein wahres Chaos von Statuen, Säulen, Wasserspeiern und Geröllhalden dar, ein Wirrwarr, das einer Katzengesellschaft als Behausung diente. Es gab davon nahezu hundert darin, und sie lebten wild. Schwarze, gelbe, graue, weiße, getigerte und gefleckte, und alle kräftig, weil ihre diebische Lebensweise sie stark machte oder weil die Schwachen und Kranken nach dem Gesetz dieses Dschungels verschwanden: bei lebendigem Leibe verschlungen von den Schönen und Starken. Mittags sah man sie sich in der Sonne wärmen und auf dem Kirchenvorplatz herumstreunen, wo ein paar arme Alte, die »Katzenmamas«, ihnen in grauen Papierpäckchen armselige Sachen zu fressen brachten; Fleischfett, Geflügelreste oder Fischköpfe, die sie hin- und herzerrten und sich verbissen streitig machten – sie fielen darüber her wie eine Horde Tiger. Das alles liebte sich zweimal im Jahr, Ende Herbst und vor allem im Frühling, mit jener Raserei, die den Katzen eigen ist. Die schwermutgeladene Atmosphäre der ersten schönen Abende, wenn die Nacht langsamer hereinzubrechen beginnt als im Winter, wurde gräßlich zerrissen von den Schmerzensschreien der rolligen Katzen. Später wuchs sich das aus zu einer wahren Hölle von Gebrüll, Klagen und Miauen der Verletzten, dumpfer die Kater, schriller die Katzen, und mischte sich zu einem Gesamteffekt, in dem Mademoiselle Thérèse aber Liebe, Haß, Leid, Freude, Wut und Eifersucht zu unterscheiden glaubte; sie hatte ein bewundernswertes Talent, die Passion Christi oder die Passionen der Katzen mitzuleiden, während die Passionen der Menschen sie kalt ließen.

Man könnte sagen, daß sich vor der Kirche ein scheußlicher Sabbat abspielte; tatsächlich tobten die brünstigen Tiere überall dort herum, unter dem Umhang der Apostel und auf den Schultern der Maria.

In drei Sätzen sprang Monsieur Mouton nach Saint-Quiriace, wie in ein Hurenhaus; seine schöne Haltung, sein rotes Fell und die Kraft seiner Lenden machten ihn zum Favoriten der Katzen. Er liebte sie alle und verschonte seine Töchter vom letzten Jahr so wenig, wie er seine eigene Mutter verschont hätte, wenn er sie zufällig im Kreise der steinernen Jungfrauen und Heiligen getroffen hätte. Ohne jede Scham und ohne Maß. Und diese Unverfrorenen, verfolgten die ihn nicht manchmal bis nach Hause, besser gesagt, bis zu seiner ergebenen Dienerin, auf Mademoiselle Thérèses blitzsauberen Tisch, ja sogar auf den rosa Sessel! Man mußte die Frechen mit Besenhieben hinausjagen. »O mein Mouton«, sagte dann Thérèse, »was bist du für ein schöner Kater, aber daß du so ein Herumtreiber bist! Herrgott noch mal, du drehst mir damit das Herz im Leibe um!«

Es war leider nur zu augenfällig, daß Monsieur Mouton ein Herumtreiber war; aber was nützte es, sich darüber zu entrüsten oder sich auch nur zu wundern, war er doch ein besonders dicker Kater, sehr stämmig, gut in Form, ganz rot mit einer Löwenmähne und ohne Zweifel der schönste Kater im

Land. Der Form halber machte ihm Thérèse von Zeit zu Zeit ein paar winzige Vorwürfe, weil sie geneigt war, zwischen sich und ihrem Kater moralische Komplikationen einzuführen, und weil sie sich gern vorstellte, er hätte weniger Respekt vor ihr, wenn er sie für eine Komplizin seiner Seitensprünge halten müßte. Aber im Grunde war sie doch eher stolz auf die Großtaten ihres »schönen Kerls«; sie zeigte sogar manchmal ein belustigtes Augenzwinkern und den Ansatz eines Lächelns auf den Lippen, wenn sie ihm mit gespielter Strenge von diesen »armen Katzen« sprach und von dem traurigen Zustand, in den er sie versetzte. Viele alte Jungfern neigen in diesem Alter ein wenig zur Kuppelei, weit weniger jedoch als sie mit ihrer unverhohlenen Neigung für die Libertins und ihren Lebenswandel, auf den sie oft genug sogar neidisch war, ohne ihn, von der Höhe ihrer Reinheit, eigentlich zu kennen.

Ungefähr um diese Zeit geschah es, daß sich die Fleischersfrau, Madame Goudre, bei ihr über ihren Gatten beklagte, diesen Schlot, diesen gemeinen Kerl, als den Mademoiselle Thérèse ihn wohl kannte, ohne Moral noch Religion, der ihre Hausgehilfin, eine kleine Range von der öffentlichen Fürsorge, hatte »in der Tinte sitzen lassen«. Er hatte immer noch gewartet, sie zu verführen, bis zu ihrem Geburtstag, genau bis zu dem Tag, als sie vierzehn geworden war.

»Was nützt das Jammern, Madame«, unterbrach Thérèse kurzerhand ihre Jeremiaden, »wir sind arme Frauen, und Männer sind eben Schurken. Wenn Sie gesehen hätten, was Monsieur Mouton gestern abend mit seiner Tochter angestellt hat — die kenne ich, so ein häßlicher Rotschopf; in meinem Strickkorb, stellen Sie sich vor, und auf meinen Knäueln, nur um mich zu kränken.«

Und unter dem verdutzten Blick der Fleischerin brach Mademoiselle Thérèse in ein schallendes Männerlachen aus.

Unterdessen wurde Monsieur Mouton immer flatterhafter, wie ein alter Wüstling, dessen Sinne vom Herumstreunen abgestumpft sind. Gefielen sie ihm auch gelegentlich noch wie früher, die Katzen, die in der Kirche herumhurten, so genügten sie ihm doch nicht mehr, er wollte andere Gespielinnen, und so begab er sich auf ausgedehnte Liebespfade, die ihn weit von Saint-Quiriace und Thérèse wegführten.

Im April schlief er zum ersten Mal auswärts.

Auf einem Stuhl vor ihrem offenen Fenster wartete Thérèse die ganze Nacht auf ihn, ohne zu spüren, daß sie in ihrem Schlafrock aus malvenfarbenem Leinen, der an ihrem bloßen Hals offenstand, vor Kälte zitterte; sie litt Todesängste, die immer verzweifelter wurden, je mehr Zeit verging. Angespannt lauerte sie im Schatten, dachte bei jedem Rascheln, das sie draußen hörte, er käme zurück; einen Augenblick glücklich, und gleich wieder enttäuscht; vergeblich suchte sie seine Stimme in dem Maunzkonzert, das gegenüber gegeben wurde, und schüchtern rief sie von Zeit zu Zeit: »Mouton ... Mouton ...«, ganz leise, eher um sich Mut zu machen als aus anderen Gründen. In der Frühe schließlich schlief sie auf ihrem Stuhl ein, ganz zerschlagen und wie gerädert, eisig im kühlen Morgenwind. Wer weiß, welche Schreckensträume durch ihren Schlaf fuhren; doch auf der Straße blieb ein Passant stehen, der wohl glaubte, er phantasiere, vor dem unglaublichen Bild einer alten Jungfer, die auf ihrem

Stuhl vor ihrem Fenster eingeschlafen war, halbnackt in ihrem malvenfarbenen Hauskleid, mit hintenüber baumelndem Kopf, das Gesicht aufgedunsen und bleich, und die in ihrer Bewußtlosigkeit mit den Armen ruderte wie ein ertrinkender Schwimmer im Wasser oder wie ein groteskes Schreckgespenst.

Es war schon spät, als sie aus dem Schlaf gerissen wurde; sie glaubte, vor Freude zu vergehen: Monsieur Mouton war zurückgekommen, vom Fenster war er auf ihren Bauch gesprungen, hungrig und schmusend, schmusend, weil er hungrig war. Thérèse hätte ihm um nichts in der Welt grollen können, sie küßte sein kühles Schnäuzchen und stand schnell auf, um ihn zu füttern. Als sie ihm dann zusah, wie er gierig fraß und mit den Zähnen geräuschvoll das Fleisch zerfetzte, ergriff es sie heftig, ohne daß sie wußte weshalb, doch mit solcher Erschütterung, daß sie eiligst in ihr Zimmer lief, damit er sie nicht weinen sähe.

Der Grausame blieb einige Tage zu Hause, wo er viel schlief, gierig fraß und sang, als ob nichts passiert wäre, dann ging er wieder auf Liebessuche und nahm bald die Gewohnheit an, nur in einer von zwei Nächten heimzufinden, bis ans Ende dieses verdammten Frühlings, der ihn so forderte.

Thérèse, machtlos, ließ ihn gewähren, denn um

ihn daran zu hindern, hätte sie ihn in einen eisernen Käfig sperren müssen; doch sie gewöhnte sich nie ganz an seine Abwesenheiten, und wenn sie es auch aufgab, in jenen Nächten zu wachen, wo er draußen herumstreunte, so fand sie in ihnen doch nie wirklich Ruhe. Sie verging vor Angst, sie dachte an schreckliche Schlingen und Fallen, wälzte sich hundertmal im Bett hin und her, sagte hundertmal ihre Gebete auf, ohne daß es ihr gelang, die dummen Geschichten aus dem Hirn zu verbannen, die böse Zungen über Dachhasenfrikassee erzählen.

Am Tage nach solchen peinvollen Nächten konnte man sehen, wie sie auf ihrer Türschwelle auf ihren Kater wartete und in fieberhafter Erregung kreuz und quer lief; sonst so höflich, grüßte sie kaum noch, wenn sie jemandem begegnete, auch wenn sie ihn gut kannte; sonst so fleißig, konnte sie sich nicht an die kleinste Arbeit machen, solange der Kater nicht zurückgekommen war.

Für den gefräßigen Mouton hatte sie im voraus Rindfleisch gekauft, das er am liebsten roh und blutig verschlang; wahrscheinlich dachte sie, daß nach den Ausschweifungen dieser diabolischen Liebesnächte gutes rohes Fleisch zur Blutbildung nötig sei. Sie ging in die Küche, es zu schaben, lief für einen Augenblick wieder hinaus, kehrte noch einmal zurück, um ihm Milch in eine Untertasse zu gießen, frisches Wasser in eine Schale, und um alles für ihn vorzubereiten; sie horchte draußen auf jedes Geräusch ... Bald hörte sie von fern den Kater sich melden, der zu ihr heimkehrte.

Tatsächlich fing Monsieur Mouton, wenn er noch über einen Kilometer vom Hause entfernt war, damit an, alle zwanzig Meter stehenzubleiben, um sich hinzusetzen, zu lecken und zu miauen; es dauerte Stunden, bis er angekommen war. Seiner Gurgel entfuhr ein sonderbares Miauen, das von jedem anderen zu unterscheiden war und das Thérèse in die Eingeweide schnitt; ein tiefes Miauen, voll Schmerz und Trauer, das übrigens mehr ein Blöken war, vergleichbar dem des Viehs, das abends in die Ställe trottet, oder auch, nach Ansicht von Leuten, die Reisebeschreibungen gelesen hatten, dem nostalgischen Quaken des Ochsenfrosches in den Orinokosümpfen.

Lange, sehr lange rief Thérèse nach ihm; sie rief ihn vom Fenster des ersten Stockwerks, damit er sie besser hörte (und sie wäre aufs Dach geklettert, wenn sie gekonnt hätte, wie Anna oben in ihrem Turm), wenn er näher heran war, rief sie ihn von der Tür aus, und jedesmal, wenn sie ihn bei seinem gepriesenen und geliebten Namen Mouton rief, antwortete er stärker mit seinem seltsamen Geblök, in dem sie eine Welt von Traurigkeit, Gewissensbissen und Liebe ahnte.

Endlich war er angekommen, durchnäßt, verdreckt, das Fell verklebt und manchmal blutig, weil er sich für eine schöne Katze geschlagen hatte oder auf dem Höhepunkt ihrer Lust von ihr gebissen worden war. Ein letztes Miau, das heiserste von allen, und er rannte geradewegs zu seinem Fleischteller, über den er sich wie ein Verhungernder hermachte, was wenigstens zeigte, daß er Nahrung nicht weiß Gott wo und aus fremden Händen zu sich genommen hatte. Neben ihm auf der Erde knieend, streichelte Mademoiselle Thérèse ihn sanft vom Nacken bis zur Schwanzwurzel, während er fraß; sie sagte ihm Nettigkeiten, er sang, sie lachte, sie würde geschnurrt haben, wenn sie es gekonnt hätte. Und dann, wenn er fertig war, nahm sie ihn in ihre Arme, um ihn auf sein Thronkissen zu tragen, wo er gähnte, sich streckte, sich zusammenrollte und bald einschlief wie ein Domherr, indes Mademoiselle Thérèse Lappen und warmes Wasser holte, um seine Wunden zu verbinden und seine armen verkrusteten Pfoten zu waschen mit der demütigen Zärtlichkeit einer Magdalena.

Dieser riesige Kater, dieser Feuerball, der in der Sonne auf dem kostbarsten aller Atlaskissen sang und brüllte wie ein verwundeter Stier, wenn er von seinen sagenhaften Hochzeitsflügen zurückkehrte, war eine lokale Berühmtheit und sogar, nach dem Muster der schönsten Schwefel-Rosen, »der Ruhm von Mélinet«. Zu seiner Bewunderung trug auch bei, daß er aus dem fernen Persien kam, denn der Name »Perse« hat eine gewisse Magie, die wohl nur von seinem auffallenden und kurzen Klang herrührt, aber alle Franzosen entzückt und sie träumen macht, besonders die aus der Provinz, die von jenem Lande nur wissen, daß es das Land der Emaillen, der Teppiche, der Schahs, der Katzen und der Türkise ist, ohne zu ahnen, daß einem dergleichen dort gar nicht begegnet, es sei denn zu sehr hohem Preis.

Im Speisesaal des Restaurants Bargerousse gab es eine Photographie von Monsieur Mouton, sie hing an einem schönen Platz in einem Ebenholzrahmen und unter Glas, um sie vor Fliegen zu schützen; seine göttliche Dicke brachte sich mit unendlicher Anmut zur Geltung; unter und zwischen den Pfoten des majestätischen Tieres stand in schöner Schrift mit goldener Tinte ein Gedicht zu lesen, verfaßt zu seinen Ehren vom Bibliothekar des Ortes, einem gewissen Flavien Cygne, einem gebildeten, etwas verrückten alten Herrn, der mit Mademoiselle Thérèse befreundet war. Cygne hatte dem guten Fräulein zum Geburtstag diese Verse überreicht, die sie entzückten (und welches schönere Geschenk, welche köstlichere Überraschung hätte man ihr an diesem Tag machen können, als den liebsten aller Kater zu verherrlichen?), diese Verse, die mit einer Erinnerung an Corneilles großartige Alexandriner begannen:

»Sieht Mélinet Mouton doch mit Thérèses Augen ...«

Durchreisende hielten dort, um zu essen; wie hätten sie das Porträt übersehen sollen und wie hätte man versäumen können, wenn sie nach dem Weg zur Kirche Saint-Quiriace fragten, auf das kleine weiße Haus gegenüber hinzuweisen, wo er zu bewundern sei: »Dort wohnt Monsieur Mouton bei Mademoiselle Thérèse.«

So hatte der dicke Mouton also den Platz eines einäugigen und fast stummen Greises eingenommen, dessen Lebensunterhalt der Stadtrat allzulange finanziert hatte und der vor einigen Monaten gestorben war. Zu seinen Lebzeiten sagten die Leute, er sei der letzte der Ritter von Reichshofen. Als er aus dem Ausland heimgekehrt war, holte man ihn eines Tages aus der Anstalt, in der er für gewöhnlich eingeschlossen war; man wusch, kämmte und puderte ihn und präsentierte ihn dann in der alten Uniform in seinem alten Haus inmitten eines großen Sammelsuriums von militärischen Erinnerungsstücken, stammelnd und spuckend, auf den Knien einen Kürassierhelm, der für seinen alten Kopf zu schwer war, während sein großer glorreicher Säbel wie ein Pendel über dem Kamin schwebte.

Offensichtlich zog der rote Kater mehr Kunden an als vorher der stotternde einäugige Kürassier, und Mademoiselle Thérèses Stolz wuchs beträchtlich. Eines Abends, als sie ein Suppenhuhn kaufen wollte, traf sie im Laden des Geflügelhändlers den Jäger Alcide Minturne, einen Wilddieb, um ehrlich zu sein, der zu jeder Jahreszeit auf Beute ausging, wenn man sie bei ihm bestellte, einen Mann mit langen strohblonden Haaren, bekleidet von Kopf bis Fuß mit graugrünem Cord, der nach Sumpf und Schlamm roch. Thérèse kannte ihn vom Hörensagen und mochte ihn nicht. Wer weiß, ob er nicht manchmal Katzen in seinen Fallen fing? Aber hätte sie je irgendwo hingehen, jemanden begrüßen oder eine Kleinigkeit kaufen können, ohne von ihrer Liebe zu sprechen? Bestimmt hätte sie dann geglaubt, sich an ihr zu versündigen, wie sie auch glaubte, daß sie ihr einen prächtigen und unübersehbaren Glorienschein verlieh und daß, anbetend vereint in demselben Kult, der ganze Ort, die ganze Provinz und das ganze Land sehnlichst danach verlangten, daß ihr Mund von den letzten Wundern ihres Gottes erzählte.

»Ich bitte Sie, Madame, geben Sie mir dazu noch eine Hasenpfote mit«, bat sie, als sie ihr Huhn in Empfang nahm, »eine kleine graue Pfote zum Spaß für Mouton, damit er damit Mäuschen spielt.«

Mit langsamen Taucherbewegungen gestikulierte der Mann in der Luft, mit seinen zu langen Armen, langen Händen, die ein leichter grauer Flaum, fast wie Moos oder Schimmel, bedeckte; es war etwas Pflanzliches an ihm, und das erinnerte, wenn man ihn betrachtete, manchmal an hohes Seegras, manchmal an einen Baumstumpf mit Ästen, genauer an eine Trauerweide. Er lächelte über diese rotwangige alte Jungfer mit den hellen Augen eines Hasen; die so gutmütig und so naiv war, ihrem Kater eine Hasenpfote mitzubringen, um ihm weiszumachen, er habe eine Maus gefangen und quäle sie. Sanft, aber mit Nachdruck fing er wie ein Einzelgänger, der keine Übung hat, zu sprechen an:

»Sieh einer an«, sagte er, »ein Spiel fürs kleine Kätzchen, fürs kleine Miezekätzchen, ein bißchen unter der Würde dieses schönen roten Tieres, das abends um meine Hütte am Ufer des Teiches streunt und das man von den Bergen her hört, in der Dämmerung, wenn es röhrt, als wollte es krepieren, mit der Stimme eines Wasserochsen.«

»Wasserochse«, fragte die Verkäuferin erstaunt, »was soll denn das für ein Vieh sein?«

»Ein sehr schöner Vogel, Madame, eine Art Reiher, ein Vogel, der lange Beine hat und einen langen Schnabel, goldene Federn und ein rotes Fell wie das Fell von Mademoiselles Kater; ein kreischendes Tier, das noch lauter schreit als er, und weiß Gott, das will was sagen; es nistet im Schilf, wo es Frösche und Fische findet; man nennt es auch Rohrdommel, wenn Sie erlauben, eine sternbesetzte Rohrdommel. Und man sagt ›Wasserochse‹ dazu, weil es im Röhricht ganz so wie ein Ochse brüllt, wenn es Regen gibt.«

Die Verkäuferin, eine vergnügte Frau, die ihren Wilddieb gern hatte, glaubte lachen zu müssen. Thérèse jedoch, die immer fürchtete, verspottet zu werden, oder schlimmer noch, daß man über den Kater spottete, war alles Gelächter verdächtig, und dieses Lachen mißfiel ihr derart, daß sie selbst den Anschein vermied, wissen zu wollen, was ein Wasserochse sei, und auf der Stelle wütend mit ihrem Huhn davonging, ohne auf die Hasenpfote zu warten, dabei im stillen die beiden Trottel verfluchend, die ohne eine blasse Ahnung so respektlos über ihre majestätische Liebe herzogen. Hätte sie es gekonnt, sie hätte in Mélinet alles zerschmettert, alles in Schutt und Asche gelegt; sie kochte vor Zorn; sie regte sich so fürchterlich auf, daß ihre Wäsche schweißnaß wurde und ihre nagelneuen grauen Handschuhe opalene Flecke bekamen. Was lohnte es schon, berühmt zu sein, wenn man am Ende für einen Grobian mit einer Ladentrude als Spielball herhalten mußte; der »Ruhm Mélinets« zu sein, die Verkörperung alles »Dicken« auf Erden, um sich den Vergleich mit einer Rohrdommel und einem Wasserochsen anhören zu müssen? Was konnte Monsieur Mouton mit einem Tier gemein haben, das so kreischt, daß es davon regnet?

Mademoiselle Thérèse war reizbar geworden, seit sie sich als Magd und Priesterin eines Phönix unter den Katzen verstand, der noch dazu so etwas wie ein »Dorfprinz« war. Deshalb kam sie an diesem Tag wie aus dem Wasser gezogen nach Hause und war davon durchdrungen, daß man ihr übel mitgespielt habe, wie schon oft, wenn sie hatte sehen müssen, wie »die Hunde« ihren prächtigen Herrn und Meister ins Lächerliche zogen, dazu sie selber und die Pflege, die sie an ihn wandte.

Zu jener Zeit war Monsieur Moutons Triebhaftigkeit für Mademoiselle Thérèse zum einzigen Thema, zur Marotte geworden. Sie hatte nichts anderes im Kopf oder auf den Lippen, und überall ödete sie die Leute an, unentwegt die eintönige Geschichte von den nächtlichen Eskapaden ihres Katers wiederkäuend; die erfüllten sie mit Stolz und warfen sie zugleich in einen unendlichen Abgrund von Leid und Angst. Erst klagte sie, dann lachte sie, renommierte mit den Heldentaten und den Eroberungen ihres schönen Abenteurers, setzte (rührend auf ihrem so reinen Gesicht) die etwas selbstgefällige Miene eines Menschen auf, der von einem glücklich verlaufenen Bravourstück erzählt; aber es dauerte nicht lange, dann klagte sie von neuem, sank allen in die Arme, die sie liebte, selbst denen, die sie nicht liebte, und vergoß dann echte heiße Tränen, verwirrt und untröstlich, weil sie nicht hatte schweigen können und sich so vielen Leuten anvertraut hatte, statt ihre traurige Verlassenheit geheim zu halten, an der Monsieur Mouton schuld war.

Behandelte er sie am Ende nicht zu sehr von oben herab, dieser schöne Kater, ihr Schatz und ihre einzige Sorge, dieser Undankbare, bezaubernd und rot, den sie hingebungsvoll bediente und für dessen Wohlergehen sie sich hätte martern lassen, in Stücke hacken wie eine Märtyrerin oder sogar schänden lassen wie die letzte Heilige. Das brachte sie in Wut; in Augenblicken echter Entrüstung dachte sie manchmal schlimme Dinge: zum Beispiel, daß er im Grunde nur ein Tier war, wenn auch ein Kater, während sie eine Frau war, Jungfrau dazu, was noch mehr gilt, und auf alle Fälle ihm überlegen; daß es an ihm wäre, sie zu achten und zu lieben ... »Ich rackere mich ab, um dich zu versorgen, dich zu hegen und zu pflegen, um dir alles schön zu machen, rackere ich mich ab; und du Gemeiner läßt mich allein, gehst zu den Bettelhuren, die in ihrem Fell splitternackt herumlaufen, um Mitternacht, auf den Dachrinnen.«

Doch ihre Liebe war zu groß, als daß sie solche häßlichen Gedanken nicht bald bereute; dann verabscheute sie sich, rang die Hände, um sich einzureden und anderen zu zeigen, daß sie sich verabscheute. Man hätte sie hören können, wie sie ganz leise sagte: »Ich bin Monsieur Moutons eifrige Sklavin, ich bin seine Zofe«; und geheimnisvoller noch: »Ich bin Monsieur Moutons Königreich, er ist mein Herrscher.«

Wenn Thérèse in Mélinet spazierenging, sah sie sich die Katzen an. Beim Anblick von Melisse, dem Kater des Apothekers, schwankte sie einen Augenblick zwischen Verachtung und neidvoller Verehrung, und entschied sich dann sehr rasch für die Verachtung, denn sie fürchtete, wenn sie länger schwankte, die Liebe zu dem einzigen Gegenstand verachten zu müssen, der auf Erden Liebe verdiente. Dieser Melisse war ein großes Malteser Grautier, ein bißchen schlaff, fett und so dick, daß er fast unförmig war, still, glänzend, kurzhaarig, weniger groß übrigens als Monsieur Mouton. Im Winter wie im Frühling, stets schlief er auf dem Ladentisch, wo er sich von den Kunden streicheln ließ; faßte man ihn an, machte er kaum ein Auge auf, ließ sich überhaupt nicht stören. Wenn er je einen Schritt vor die Tür setzte, fand man ihn halb tot vor Angst wieder; eines Tages fiel er auf die Straße, im Schlaf, als er im ersten Stock auf dem Balkonsims döste; er blieb unten liegen, vom Lärm draußen und von der Unruhe der Passanten betäubt, und wartete, ohne sich zu rühren, bis man ihn holen kam. Er war ein Dummkopf; trotzdem sah er aus wie ein guter Kater. Thérèse schob ihre Hand in die aufgeplusterten Falten, die seine Haut am Hals warf, wie bei einer Bulldogge; sie zog an einem seiner Schnurrhaare: angewidert wandte der Kater den Kopf, miaute nicht, gähnte gerade noch. Mouton hätte geknurrt, er war ein Jaguar, hätte gekratzt, gebissen: er war wild, nachts zog er los. All ihre Leiden auf einmal kamen Thérèse wieder in den Sinn, und wie so oft schon fing sie mit ihrer ewigen Geschichte wieder an. Der Mann mit den Phiolen, der sie kannte, unterbrach sie: »Na, bringen Sie ihn mir doch her, Ihren Perser, ich werde ihn ganz ordentlich beschneiden, und Sie werden sehen, er wird bei Ihnen bleiben«; er hielt rasch inne, von dem wilden Ausdruck erschreckt, den er plötzlich in Mademoiselle Thérèses Augen aufleuchten sah: etwas von mörderischer Furie. »Ihm seine hübschen kleinen Murmeln verschneiden, meinem schönen Engel ...« Vor Wut schnürte sich Thérèses Kehle zu vor diesem dummen Menschen, der sie ansah, als wäre sie eine Irre.

Es war also immer dasselbe, und wie immer rannte sie mit gesenktem Kopf gegen die Härte, die Gleichgültigkeit und die unentwegte Idiotie einer Welt an, die noch stumpfsinniger war als eine Ziegelwand. Sie hatte genau gesehen, daß der Apotheker, diese niederträchtige Bestie, die sie hätte krepieren sehen mögen, in ihren Augen ihr Liebesverlangen gelesen hatte, und daß er in seiner schrecklichen Begriffsstutzigkeit allem anderen gegenüber nur dieses eine verstanden hatte, pflanzte Hoffnungslosigkeit in Thérèses Seele und einen verzweifelten Frieden, der beinahe dem berühmten »Seelenfrieden« gleichkam, den sie einst so gesucht und so selten gekostet hatte.

Traurig ging Mademoiselle Thérèse hinaus und davon; müde und für einen Augenblick ruhiger, hatte man sie doch an ihrem empfindlichsten Punkt getroffen; sie dachte an die Männer, und daß sie ihnen allen am liebsten aus dem Weg gegangen war und daß ihre Liebe zu Monsieur Mouton sie mit ihm in schrecklicher Einsamkeit eingeschlossen hatte: ein unerhörtes Paar. Was lag ihr jetzt daran, daß man den Kater bewunderte, wenn man ihn nur bewunderte, weil er ein schöner Kater war, ein Perserkater, und weil es weit und breit nichts seinesgleichen gab; wenn man ihn nur wie ein Wunderding betrachtete, wie ein seltsames Tier herumzeigte, als wäre er ein Schaf mit sechs Beinen, eine doppelte Kuh oder ein Kalb mit zwei Köpfen.

Neben ihrer Liebe war er doch sehr klein und sehr bedeutungslos, dieser eitle Ruhm, der sie ehemals entzückt hatte, den sie selbst in die Welt gesetzt hatte und der ungefähr der eines Monsters war. Und was diese Liebe anging – ganz gleich, welchen Aspekt sie ins Auge faßte: jene verzehrende Leidenschaft, die zu ihrer einzigen Existenzberechtigung geworden war, die unendlichen Freuden, die sie daraus zog, und die größten Widerwärtigkeiten, ihre qualvollen Nächte, ihr Glück, für ihn und durch ihn zu leiden –, diese Liebe traf doch nur auf Ironie und Spott oder wie diesmal auf untaugliche Ratschläge, die noch dazu so dumm waren, daß es schlimmer war als aller Spott.

Würde sie denn keinen Vertrauten finden, da es

für alle menschlichen Mißgeschicke, für alle Verbrechen und für alle Intrigen der Welt einen gibt; niemanden, der ihr beistehen und sie verstehen wollte, niemanden, der an der erstaunlichen Leidenschaft einer reinen, frommen Alten Anteil nehmen wollte, die am Ende ihrer Jahre die Beute eines großartigen Feuerwesens geworden war?

Mademoiselle Thérèses Verwirrung wuchs zusehends, während sie geradewegs zu ihrer Wohnung eilte. Keiner sprach sie an, keiner wagte auch nur, sie zu grüßen, alle hielten sich fern, alle wichen vor ihr zurück, waren sofort wieder da und drehten sich um, wenn sie vorbei war, sammelten sich zu Gruppen, schauten ihr nach und tuschelten sich Bemerkungen über ihren ungewöhnlichen Gang zu. Sie lief sehr schnell, mit großen abgehackten Schritten wie ein ausgeleierter Hampelmann, den Kopf leicht nach links geneigt, die Augen zu Boden gesenkt, wo ihre Füße dennoch linkisch gegen die Steine auf dem Weg stießen; sie lief und sah, wie es schien, um sich herum nichts mehr, wie eine Schlafwandlerin oder auch ein besiegter General, der irgendwo vor sich hinwankt, ohne noch auf etwas anderes zu hoffen als auf den Tod.

Ihr Lieblingsjuwel und der einzige Schmuck, den sie gern trug, diese Granatbrosche, die jetzt das

Oberteil ihres Kleides abschloß, hatte sich unbemerkt geöffnet, baumelte ihr über der Brust und drohte auf die Erde zu fallen und verloren zu gehen, doch sie achtete nicht darauf, ebensowenig wie auf ihren Kragen, der weit aufklaffte und die Stickerei ihrer Leibwäsche an ihrem weißen Hals freilegte, was ihr den schlampigen Anstrich einer alten Arrestantin gab, die man zum Galgen schleppt.

Sie rannte fast, eine unbekannte Beklemmung befiel sie und schlang ihr einen grausamen Knoten um die Kehle, der sie erstickte. Etwas rötlicher Schaum trat auf ihre blassen Lippen, die, von tiefen rosigen Schrunden gefurcht, bebten und bluteten, weil sie darauf biß, in der Anspannung ihrer Nerven daran nagte und die Zähne bleckte; man sah vor allem die Eckzähne, die an beiden Seiten des Mundes hervortraten wie Tierhauer, lang, gelb und spitz.

Welch seltsame Figur sie in diesem Augenblick machte, Mademoiselle Thérèse; wahrscheinlich durch eine Art Mimikry hatte sich seit einiger Zeit eine recht merkwürdige Veränderung ihres noch immer rundlichen Gesichts vollzogen, mehr und mehr ähnelte es dem heißgeliebten, dem göttlichen Antlitz einer Katze; ihre Augen schienen länglicher geworden, sie waren mandelförmig geschlitzt, und das eine hatte sich vom anderen entfernt; man mochte meinen, sie wären glänzender geworden, vielleicht leuchteten sie sogar in der Nacht; schon immer aufgestülpt, schien ihre Nase jetzt noch kürzer geworden, nahm Witterung auf im Wind und zuckte so niedlich wie ein schönes, schwarz schimmerndes Schnäuzchen; schließlich sprossen ihr aus einer Vielzahl kleiner Löcher zwischen Lippe und Nase feine durchsichtige Härchen eines leichten Schnurrbartes. So verändert die Liebe oft den Liebenden, sie formt ihn moralisch und physisch nach dem Bild des Geliebten.

Alte Jungfer mit Kater, Kätzchenfrau, endlich erreichte sie ihren Zufluchtsort; mit äußerster Anstrengung gelang es ihr, den Schlüssel im Schloß herumzudrehen und einzutreten, so sehr fühlte sie sich von Gott verlassen, von den Menschen und von sich selbst, willenlos, schwach und genau wie ein armes verletztes Tier, das sich müht, wieder in seine Höhle zu kommen, um sich dort niederzulegen und zu sterben. Sie klagte, um sich Mut zu machen, sagte immer wieder: »Arme Thérèse, arme blutig geschlagene Löwin, traurige Thérèse, schlepp dich in dein Loch, schlepp dich rasch hinein und schlaf ein.«

Wenn man sie so sah, hätte man wahrhaftig keinen Sou mehr für ihr Leben gegeben. Würde sie nicht auf der Schwelle zusammenbrechen? »Ins Wasser mit der Säuferin!« schrie ein Bengel, und da dachte sie an ein großes Feuer.

Aber sobald sie im Hause war und die Tür vor allen Hunden und bösen Buben geschlossen hatte, geschah so etwas wie ein Wunder; gleich fühlte sie sich besser, weil sie allein und in ihren vier Wänden in Sicherheit war; das Blut in ihren Adern fing so rasch wieder zu fließen an, daß sie es kochen fühlte; ihr Selbstbewußtsein, das ihr für einige Zeit abhanden gekommen war, kehrte zurück, mit der lustvollen Empfindung zu leben. In allen Gelenken kribbelte es sie zum Verrücktwerden, ein Kitzeln, das sie zwang, wie eine tollgewordene Ziege herumzuspringen; aus ihrem Mund strömten Wörter ohne Zusammenhang, und ihre alten Beine versuchten sich in den kapriziösesten Luftsprüngen. Trunken vor Erlösung, tanzte Mademoiselle Thérèse vor ihrem Spiegel.

Wie ein kokettes Kind trat Mademoiselle Thérèse dicht vor den Spiegel, grüßte ihr Ebenbild mit einem Lächeln und einer Verbeugung. Nun, ruhiger geworden, bemerkte sie die erstaunliche Unordnung ihrer Kleidung; so scheußlich, daß sie es erst gar nicht glauben mochte, doch dann wurde sie sehr zornig, daß sie sich so auf der Straße gezeigt hatte:

zerzaust wie eine Karnevalsmaske und offenbusig, schlimmer als eine Schlampe. Sie netzte ihr Gesicht mit frischem Wasser, kämmte sich, knöpfte ihre Bluse bis obenhin zu, hakte sorgfältig ihre Brosche ein, die sie zum Glück noch nicht verloren hatte, und von Kopf bis Fuß war sie wieder Mademoiselle Thérèse.

Ebenso habsüchtig wie großzügig, bestaunte sie nun die vielen schönen Sachen in ihrem Besitz. Entzückt schweiften ihre Augen durch das ganze Zimmer, weideten sich an ihren Schätzen. Sie zählte ihre Güter, verglich, brachte ihre verschiedenen Besitztümer in eine Rangordnung: ihre Teppiche, ihre Möbel, ihre funkelnden Kupfergeräte, den fürstlichen rosa Sessel, aus dem die Comtesse Michel so grausam vertrieben worden war, am Fenster ihren Stuhl mit ihrem Handarbeitskorb und der begonnenen Strickerei, die Spiegelnische links vom Herd nach dem Muster des *Clair de lune*, auf dem Fensterbrett das glorreiche Thronkissen mit Monsieur Mouton obenauf, der seine Herrin erwartete und mit seinem Singen bezirzte.

Was war aus der Verzweiflung geworden, die sie erfüllte, als sie sich draußen herumschleppte und so untröstlich war wie jemand, der in den letzten Zügen liegt und das Grab schon vor sich sieht? Wo war jetzt ihre Verbitterung? Was war aus der entsetzlichen Einsamkeit ihrer Seele geworden?

So vollständig vergessen hatte Mademoiselle Thérèse ihre Qualen, wie man sie erniedrigt und lächerlich gemacht hatte, daß sie glaubte, in diesem Moment neu geboren zu sein. Und selbst wenn sie gewollt hätte, hätte sie sich gar nicht an ihren Kummer draußen erinnern können, an ihre große Trauer und ihren Ärger, unverstanden und einsam unter den Menschen zu sein. Sie bejubelte und segnete ihre Einsamkeit, die sie wieder aufgerichtet, sie ihr Wohlbefinden, Freude, Hoffnungen und Größe hatte wiederfinden lassen. In der Einsamkeit war

eine reinere Luft; da herrschte ein glühender Atem, ein Steppenwind, der die Dummheit und Bosheit der Menschen weit fortfegt: Mademoiselle Thérèse und Monsieur Mouton thronten wie Götter in ihrer wundervollen Einsamkeit.

Katzen und alte Jungfern sind pedantische Wesen, pünktlich, rechthaberisch und schrullig, immer bedacht, Gewohnheiten zu entwickeln und sich streng daran zu halten, beunruhigt und verstört, sobald ihr tägliches Dasein für einen Augenblick den monotonen Rahmen verläßt, in den sie sich eingeschlossen haben. Bis auf die Seitensprünge des schönen Katers war das Leben dieser beiden wie in einem Mönchsorden geregelt; besonders die Mahlzeiten wurden zu festen Zeiten eingenommen, mit einer Präzision, als gehorchten sie dem Glockenschlag.

In der Dämmerung, die das Heraufziehen der Nacht ankündigt, legte Mademoiselle Thérèse ihre Handarbeit in den Schoß, weil sie nicht mehr genug sehen konnte, um weiterzuarbeiten, und blieb noch eine kleine Weile sitzen. In Gedanken verloren, betrachtete sie Monsieur Mouton auf der Fensterbank, der in der Frische des Abends erwachte, sein Fell schüttelte und ausgiebig gähnte, ein sicheres Zeichen, daß er Hunger bekam; also erhob sie sich aus dem Stuhl, um für das Abendbrot zu sorgen. Sie kochte nicht ungern, und es machte ihr sogar Spaß, wenn es für ihn geschah; hätte er raffinierte Soßen, Brühen, Gewürze und Kräuter gemocht, dann hätte sie sich so viel Mühe gegeben, daß sie vielleicht eine große Köchin geworden wäre. Aber was soll's, so schön, so dick, so fett er war und so sehr sie ihn liebte, er war doch nur ein Kater, und der zog naturgemäß Lunge, Milz und rohes Fleisch vor, von Zeit zu Zeit auch ein klein wenig Fisch.

Er hatte immer mehr als sie zu essen und selten dasselbe wie sie; das Gericht für den Kater war im allgemeinen viel teurer, das war ihre Art, ihn zu ehren: war er nicht ein schöner Kerl und sie nichts als ein armes altes Mädchen; und dann kam noch hinzu, daß er aus Paris kam und aus einer Familie, in der sie lange Jahre gedient hatte, woran sie sich immer besonders lebhaft erinnerte, sobald sie an ihrem Herd für ihn arbeitete.

Meistens kaufte sie für den Kater Milz, die sie zwei Minuten in kochendem Wasser blanchierte und sofort unter den Wasserhahn hielt, um sie abzukühlen, bevor er sie bekam, denn er haßte es, zu heiß zu essen. Bereitete sie ein gekochtes oder ein gebratenes Huhn, vergaß sie nie, die besten Stücke beiseite zu legen: den Kamm und die Innereien, Leber, Niere und Magen, die er besonders liebte und ganz roh verschlang, was sie ihm liebevoll vorwarf, wenn sie ihn einen »dicken Kannibalen« nannte oder einen »Vogelfresser«.

War das Essen gekocht, servierte sie es für sie beide auf dem Tisch; sofort tat Monsieur Mouton einen Satz und kauerte sich umständlich vor seinen Teller, auf eine kleine Babydecke aus Molton mit rosa Satin bezogen, die Mademoiselle Thérèse Gott weiß wo aufgetrieben und eigens für die Mahlzeiten des Katers bestimmt hatte.

So aßen sie. Sie saßen sich unter der Lampe gegenüber, stumm, Auge in Auge: sie eine Gemüsesuppe oder einen dicken Brei, vermischt mit Brotstückchen, er sein kleingeschnittenes Fleisch, seine Milz oder seine Lunge, die er wählerisch von einem hübschen alten Porzellanteller verspeiste, auf dem über roten und grauen Blüten violette Schmetterlinge flatterten. Manchmal hatte er es eilig, nahm große Bissen, die er mit vibrierenden Schnurrhaaren abriß und unter köstlichen Grimassen verschlang; das laute Geschmatz der Lippen, der Zähne, der Zunge und der Kehle entzückte Thérèse fast ebenso, wie ihn singen zu hören.

»Ach, der schöne süße Mauz, der liebe schöne Mauz, wie er zubeißt, der liebe schöne Vielfraß; kau, mein dicker Liebling, kau tüchtig, du hast bessere Zähne als deine arme alte Dienerin.«

Und wenn es Gänseklein gab und er daran so mächtig kaute, daß man die Knochen krachen hörte, freute sie sich sehr; nachsichtig und amüsiert sah sie der Gewalttätigkeit ihres süßen Kätzchens zu; wie ein einfältiges Mädchen von einem gierigen Landsknecht betört ist, der in einem Zug eine ganze Flasche leert und ihr ins Gesicht rülpst.

Wenn sie fertig waren, blieben sie immer noch einen Moment sitzen; Thérèse verdaute, ohne ein Wort zu sprechen, denn ihre Verdauung war schlecht, doch ertrug sie die Magenkrämpfe leichter, wenn sie ihren dicken Mouton vor sich sah, der sich die Pfoten leckte, den Buckel rund machte, die Augen schloß und seine Krallen in die kleine Babydecke schlug. Etwas später räumte sie das Zimmer auf, stellte die Möbel wieder an ihren Platz und wusch das Geschirr ab, bevor sie zu Bett ging.

Dann kam in der Jahreszeit, wo die Tiere hintereinander her sind, in dieser jammervollen Zeit, die die Katzen so mitnimmt und entkräftet, der kritische Augenblick. Schon beim Abräumen ließ Mademoiselle Thérèse Monsieur Mouton nicht aus den Augen, voll Angst, ihn zu wecken, wenn er schlief, und hoffte (ohne es sich recht einzugestehen, um dann nicht enttäuscht zu werden), wenn er viel gefressen hatte oder müde schien, er würde heute abend vielleicht nicht mehr hinausgehen. Sie hielt sich dicht bei ihm, um jede Regung auf seinem Gesicht zu beobachten, das Gähnen, das nervöse Zucken seiner Pfoten; es war kein gutes Zeichen, daß er sich den Schwanz um die Flanken schlug, wie es die Tiere im Käfig machen, und um ihn im Haus zu halten, wünschte sie sich Regen, verwünschte den zu heiteren Himmel.

Indessen wurde die alte Jungfer sicherer und fühlte ihre Aufregung schwinden, je mehr Zeit verging, ohne daß er sich rührte, ohne daß er sich, wie es schien, in die kühle Nacht flüchten wollte; sie ging zu ihm hin und sprach ganz leise auf ihn ein, wenn sie sah, daß er spätabends unruhig wurde, nach dem offenen Fenster schielte oder den Duft der Frühlingsluft einsog; wie einen Fieberkranken suchte sie ihn zu beruhigen, ihn mit zärtlichen Worten einzuschläfern, ihn zu wiegen, zu beschwatzen, er möge so vieler Mühe nachgeben und mit ihr ins Zimmer kommen.

Es hätte nichts geholfen, ihn einzusperren, denn er hätte gekratzt, in die Tür gebissen, miaut, gebrüllt, ein höllisches Spektakel gemacht; man kann Katzen nicht zwingen, vor allem hätte man Mon-

sieur Mouton nicht zwingen können; und sie war ihm doch in Wirklichkeit so zugetan, wie hätte sie es da übers Herz gebracht, ihm ein Leid anzutun? Wenn man ihn nur liebte und diese Liebe hoch genug achtete, waren da nicht zur Not seine Seitensprünge zu ertragen?
Endlich, gegen neun oder zehn Uhr, selten später, nahm Mademoiselle Thérèse den dicken Kater, das heißt, sie ließ ihn im Spiel wie ein schweres, ganz rotbehaartes Kind in ihre Arme springen; sie küßte ihn zwischen beide Ohren, bevor sie ihn auf den Boden setzte, und gleich hatte sie den Mund voller Haare. Diese Haare, die er im Frühjahr verlor, waren so fein, daß die Finger sie kaum fassen konnten. Er streckte sich, machte den Buckel krumm, schob seine Krallen heraus, schnaubte und gähnte noch einmal; allein aus Koketterie tat er so, als schwankte er noch, ob er hinausgehen oder zu Hause bleiben sollte, doch Thérèse wußte genau, daß er sich entschieden hatte; das waren von da an nur noch Finten oder Komödien, und da schritt er auch schon würdevoll auf die Wendeltreppe zu, hinter Thérèse her, die die Lampe trug.

Dieses Zubettgehen war schon eindrucksvoll. Wer war mehr zu bewundern: das hoheitsvolle alte Fräulein in ihrem langen schwarzen Gewand, das weit über die Stufen hinabfiel, die ihre Lampe mit der stolzen Geste eines Fackelträgers hoch in der Hand hielt, den Arm bis knapp über den Kopf gebogen, wodurch ein rötlicher Schein auf das gütige Gesicht mit den rosigen Wangen fiel, auf ihr gütiges Lächeln, die gütigen hellen Augen, das weiße Haar und jene ganze, vollkommene Schönheit ihres gütigen Wesens, das man zu dieser Stunde unter der Lampe hätte leuchten und triumphieren sehen können wie zur Stunde des jüngsten Gerichts — oder das herrliche Tier, das dem Löwen des heiligen Markus glich und das ihr in kleinen Sprüngen folgte, mit seinem gesträubten, gegen den Strich gestreichelten Pelz?

Oben angelangt, allein mit Monsieur Mouton im stillen Zimmer, begann das wahrhafte Glück. Der Kater hatte die Gewohnheit, auf die Kommode gegenüber seinem Bett zu springen; das war eine Mahagonigondel mit Säulchen, die einen Himmel und Vorhänge aus rotem Rips trugen. Dort setzte sich das Tier und sah zu, wie sie sich auszog, was sie in der ersten Zeit recht genierte (man weiß ja, daß sie ihn nicht für ein Tier ansah); manchmal schämte sie sich dessen immer noch ein wenig und legte ihn in einen tiefen Sessel, damit er sie bei der Toilette vor dem ziemlich komplizierten Blechmöbel nicht sähe, das aus einem alten Provinzhotel stammte und das die Schneiderin auf einer Versteigerung erworben hatte. Das war eine seltsame Garnitur von Näpfen, Leisten, metallischen Verzweigungen, Füßen und Ringen, die alle einer speziellen Verwendung dienten; die einen waren für Seife bestimmt, andere für Handtücher, für Schwämme, Kannen, Zahngläser; indessen ließ sich das Waschbecken dank einer sinnreichen Vorrichtung um eine Achse über eine Rinne schwenken, die das Schmutzwasser in einen unten in der linken Ecke befindlichen Eimer ableitete. Dieser klappernde Schrott war zu drei Vierteln kaputt, aber Thérèse liebte ihn, weil er mit seinen zwei Hörnern wie eine Höllenmaschine aussah, vielleicht auch, weil sie ihm eine Seele verlieh wie all den anderen Dingen, die ihr vertraut waren; sie hatte so viel von diesem rührenden Hausrat, der ihr seit Jahren zur Hand war, den sie nie hätte wegwerfen, nie ersetzen können, ohne Reue zu empfinden und das Gefühl zu haben, ungerecht und boshaft zu sein, »schlimmer als eine Madame Vacherin, der Teufel soll sie holen«.

Hatte sie sich gewaschen, schlüpfte sie in ein langes Nachthemd, das schlicht, einfach und bis auf etwas Stickerei am Kragen schmucklos war, jungfräulich und dem Hemd einer Nonne recht ähnlich. Sie sprach ihre Gebete, wobei sie sich Mühe gab, nicht zu sehr an Mouton zu denken, und manchmal gelang es ihr sogar, aber nicht sehr oft; dann blies sie die Lampe aus, glitt schnell in die frischen Laken und zog die Vorhänge zu.

Sobald sie sich nicht mehr rührte, begann der Kater sich zu bewegen, sie hörte seinen Sprung von der Kommode oder dem Sessel herab und seinen geräuschlosen leichten Trab auf dem Fußboden; so kam er zum Bett und schob, um Einlaß zu finden, die Vorhänge zur Seite. Mit einem genauen Satz landete er auf ihren Füßen; sie spürte, wie er sich drehte und wendete, die Decke zusammenknäulte, sorgfältig sein Nest baute und sich darin mit solcher Wollust zusammenrollte, daß sie sich nicht zu rühren gewagt hätte, selbst wenn er sie drückte, um ihn ja nicht zu stören. Sein sanftes Singen war zu hören, und Mademoiselle Thérèse gab sich dieser Musik mit geschlossenen Augen hin und antwortete mit wohligem Seufzen auf den köstlichen Klang dieses Schnurrens. Sprach sie, halb unbewußt, leise seinen Namen aus, erhob er sich, und sie wußte, daß er sich ihrem Gesicht näherte; wie ein Streicheln an ihren Beinen, ihren Schenkeln, ihrem Bauch entlang spürte sie, wie das riesige Tier emporstieg. Plötzlich ein Gewicht auf ihrem Körper, in der Dunkelheit plötzlich sein Pelz: eine warme Masse von Haaren, die in ihre Augen, ihren Mund, ihre Nasenlöcher eindrangen und sie überschwemmten, sie ganz bedeckten, sie am Atmen hinderten, während in ihren Ohren das Geschnurr heftiger und zärtlicher tönte. Dann streckte sich der Kater der Länge nach auf der Brust des alten Fräuleins aus und faltete unter ihrem Kinn die Pfoten zusammen; er erdrückte sie fast und stieß ihr den Kopf mitten ins Gesicht; diese heftigen Kopfstöße nach Art junger Stiere waren Liebkosungen, ein wahrhaftes Liebeskosen, grausame Liebkosungen, die ihr die Sinne schwinden ließen.

Das dauerte manchmal ganze Stunden. Man hätte gemeint, daß Mouton mit der Zeit durchdrehte, so sehr bebte er, in äußerster Spannung, schnurrend über sie gewölbt; ein so grausames wie zärtliches Miteinander; er küßte sie wild und biß, leckte ihr übers ganze Gesicht mit einer spröden Zunge, die wie Sandpapier kratzte. Von Zeit zu Zeit stöhnte er, mauzte ein wenig, was seltsamerweise klagend und eher wie das Bellen eines ganz kleinen Hundes klang. Im Mund hatte Thérèse seine kühle Nase, sein Schnäuzchen und seinen heißen Atem, denn er stemmte sich gegen ihre Lippen, um sie zu öffnen, und sie spürte, wie seine Zähne sich gegen die ihren drückten und seine Zunge immer wieder ihr trockenes Altweiber-Zahnfleisch rauh liebkoste.

Unter dieser herrlichen Dicke, die sie so sehr bewunderte und die Monsieur Mouton zu einem in der Welt der Menschen und Katzen einzigartigen Wesen machte, rang Mademoiselle Thérèse nach Luft. Sie lag flach auf dem Rücken, halbtot, den Kopf zurückgebogen auf das zerwühlte Kissen, mit aufgelöstem und wirrem Haar, das sie wie jeden Abend sorgsam für die Nacht zum Zopf geflochten hatte; bald war ihr nichts mehr bewußt außer diesen scharfen Krallen, die sich in ihr Fleisch bohrten, sich wieder zurückzogen, auf ihr zitterten und von neuem eindrangen, unaufhörlich, pausenlos; man hätte meinen können, daß er sie für ein Polsterkissen hielt.

Er knetete sie nach der bekannten Katzenart, die etwas vom Brotkneten hat: seine Pfoten krümmten sich über der keuchenden Gurgel des armen Fräuleins, bearbeiteten und walkten sie immer stärker und immer schneller, wobei er immer liebenswürdiger schnurrte, wohl um seinem Opfer zu zeigen, daß er es keineswegs aus Wut täte und daß sie sich geschmeichelt fühlen sollte. Sanft, aber unerbittlich, mit dem Bewußtsein sozusagen, eine Pflicht zu erfüllen. Mühelos drangen die Krallen durch das dünne Tuch des hochrutschenden Hemdes, das bald von winzigen Blutströpfchen gesprenkelt war; kostbare Spuren, die Thérèse am nächsten Morgen bewiesen, daß sie ihren phantastischen Kampf mit dem Engel nicht geträumt hatte.

»Ich bin Weizen für Monsieur Mouton«, sagte sie laut und entdeckte sich auf dem höchsten Gipfel ihrer Leidenschaft als Beute eines wilden Tieres; das antwortete mit gereiztem Brüllen, als wollte es sie zerreißen.

In ihrer Niederlage und in der gräßlichen Lust ihrer physischen Schmerzen kamen ihr jene alten Geschichten wieder in den Sinn, in denen sich alles in eins vermischte, Männer, Raubtiere, gefangene junge Frauen, Blut, Feuer, glühende Zangen, Sand und warmes Schaffell; auf geheimnisvolle Weise nahm sie teil an den Qualen der Märtyrer in der Arena und der christlichen Jungfrauen, die erst geschändet und dann den Bären ausgeliefert wurden, am wundersamen Tod des heiligen Irenäus, an Daniels Verzückung in der Löwengrube; und das Lächeln der Glückseligen erblühte auf Mademoiselle Thérèses blassen Lippen.

Es kam auch vor, daß es dem Kater einfiel, sich an der Frau der Länge lang abwärtszuschieben; mit der Schnauze stieß er Decken und Laken zurück, oder er schlüpfte darunter, vielleicht angelockt von der feuchten Wärme des verschwitzten Bettes; das hatte Ähnlichkeit mit einem Schlupfloch, das er bis auf den Grund erforschte, um sofort wieder hervorzuschießen, pfeilschnell und vibrierend, wobei er gegen die geduldig Regungslose anrempelte, ihre Wäsche zerdrückte und die Geheimnisse einer erbarmungswürdigen Nacktheit entblößte. Nervenaufreibender noch als die stechenden Liebkosungen der Krallen war dieser Kitzel an ihrem ganzen Körper, zum Verrücktwerden: die innige Berührung des Tierfells auf ihrer Haut. Ein Wildtiergeruch, der sie vollends betrunken machte, füllte das Bett; ein Fuchsgeruch, scharf, stechend und moschusartig, aufreizend, lustvoll und abstoßend zugleich, begleitete das Schauspiel dieser grausamen Liebesszenen und verrückten Wonnen; ein löwenartiger Geruch, der in Tapeten, Vorhänge und den purpurnen Alkoven dieses über fünfzigjährigen frommen Fräuleins drang, das in seiner Bescheidenheit, Sittsamkeit und Reinheit ein Muster provinzieller Tugenden abgab.

Der Kater wurde stets als erster müde, er miaute ein- oder zweimal mit einem ganz leisen Gemauz, als wollte er sagen, daß er nun genug hätte, und zog sich in seine Ecke zurück, auf Mademoiselle Thérèses Füße. Sie schlief schließlich auch ein, gerade in dem Augenblick, als sie dachte, sie müsse sich die ganze Nacht wachhalten, dürfe sich auf keinen Fall bewegen, damit er auf ihren Füßen bliebe: von jenem bleiernen Schlaf niedergestreckt, der nach der Lust kommt wie der Tod und die Hölle.

Am nächsten Morgen erwachte sie früh, zermürbt und zerschlagen; beschämt über die abscheuliche Unordnung, die sie an sich wahrnahm, die ganz unglaublich war und nur zu sehr von der Maßlosigkeit ihrer nächtlichen Verirrung zeugte. Schnell stand sie auf, klopfte die Matratze, das Kopfpolster und die Kissen zurecht, bemühte sich sehr, aus dem, was leider einem Schlachtfeld glich, wieder ein halbwegs anständiges Bett zu machen. Wenn der Sieger, Monsieur Mouton, matt ein Auge aufschlug, um zu schauen, was sie sich so früh zu schaffen machte, sah sie darin wenig Nachsicht, eher glaubte sie, etwas wie Verachtung zu sehen, und lief zu ihrem Spiegel. Dort kämmte sie ihr langes weißes Haar, das wild und struppig herabhing; sie flocht es zu einem dikken silbrigen Zopf, mit dem sie sich schmückte, als wäre er ihre wiedergefundene Reinheit, die nun anmutig um ihre Schultern tanzte; sie drehte ihn auf ihrem Kopf zu einer flachen Schnecke zusammen, die wie eine helle Krone war, in der sie ihre Selbstachtung wiederfand.

Mademoiselle Thérèse lief im Zimmer hin und her, die ewige Zwangsvorstellung, zu arbeiten, aufzuräumen, sauberzumachen, hatte sie wieder gepackt, die nach der Liebe zu Monsieur Mouton die Haupttriebfeder für ihr Leben und Handeln war – Lieben, Leiden und Aufräumen. Das Zimmer sah bald wieder schöner aus, und auch der Spiegel zeigte ihr angenehmere Bilder: eine ehrbare alte Jungfer, in einem weiten grauen Wolltuch über ihrem Nachthemd, mit Augen so blau wie die Flachsblüte, sittsam, tadellos gekämmt, und ein klares Gesicht, das, erfrischt durch das Waschen mit kaltem Wasser, sich zart rosa gefärbt hatte.

Sie sah in solchen Morgenstunden wahrhaftig aus wie eine alte, in ihren jungen Herrn verliebte Dienerin; und manchmal sah sie sogar aus wie eine junge Dienerin und Geliebte, die glücklich ist zu dienen, zu lieben und geliebt zu werden, wenn sie sich vor dem dicken Kater auf dem Bett verbeugte und voller Zuneigung und doch ehrerbietig zu ihm sagte: »Jetzt, schöner Mouton, geh ich hinunter, um uns Kaffee zu machen.« Und wenn er fertig war, brachte sie ihn aufs Zimmer hinauf, auf einem mit

Perlmutt ausgelegten Tablett, auf dem mehrere kleine Porzellankännchen mit Sahne, dampfendem Röstbrot und anderen Näschereien standen.

Zum Frühstücken legte sie sich gewöhnlich wieder in ihr Bett; sie machte es sich da zwischen ihren Kissen bequem, neben Monsieur Mouton, der diese Vorbereitungen mit geduldiger und ernster Miene verfolgte. Er ließ sich seinerseits vor einer Untertasse mit lauwarmer gezuckerter Milch nieder, die ein paar Tropfen Kaffee ein klein wenig gelb gefärbt hatten und in der Brotbrocken schwammen; er schleckte sie mit leichten, kurzen und präzisen Zungenschlägen auf, darauf bedacht, wie Thérèse glaubte, nichts zu verschütten und keine Flecken auf die Laken zu machen.

Die Intimität dieser gemeinsamen Morgenmahlzeiten unter vier Augen und dieses zärtliche Faulenzen waren für das arme Fräulein eine herrliche Wohltat. Und wenn es draußen schön war, wenn ein Sonnenstrahl durchs Fenster fiel, wie um alle Feuer des goldenen Pelzes aufleuchten zu lassen, wenn Schwalbenrufe, die dem Kater so lieb waren, weil sie ihn zur Jagd einluden, vom Himmel schallten, dann genoß Thérèse das stille Glück, fast ein Eheglück, Butter oder Honig auf das warme Brot zu streichen. Die peinliche Sorgfalt, die sie darauf verwandte, und die Nähe des geliebten Tieres ließen sie die schrecklichen Nächte, die sie in Monsieur Moutons Gesellschaft verbracht hatte, ebenso vergessen wie die noch schrecklicheren Nächte in Einsamkeit und Verzweiflung.

In solchen Augenblicken war sie wieder ganz nah daran, ihren geliebten »Seelenfrieden« zu finden, den sie manchmal – selten genug – dicht vor sich gehabt hatte, doch wie schnell waren diese Momente vorüber; und war denn dieser flüchtige »Seelenfrieden« etwas anderes als die kurzfristige Euphorie, zu der Lustbesessene durch Sinnesorgien und erschöpfende Ausschweifungen gelangen? Je weiter diese nächtlichen Verrücktheiten zurücklagen, desto gebieterischer wurde die Erinnerung; unschuldig, wie sie war, begann Mademoiselle Thérèse sich zu schämen und sich seltsame Fragen zu stellen über die Art der Genüsse, die sie da gekostet hatte. Und weil sie sie nicht beantworten konnte und weil sie auch fürchtete, daß ein anderer sie ihr stellen könnte, wenn sie beichten ging, vermied sie es stets, von diesen Dingen zu sprechen. Ein wenig war sie im Zweifel, ob das, was sie tat, nicht ungehörig war, doch ohne sich allzusehr zu beunruhigen und sich als große Übeltäterin zu verurteilen: »Das ist eine Angelegenheit zwischen Gott und mir«, vertraute sie ihrem Kater an, »so gut, wie er dich kennt, und mich ebenso, wird er uns vergeben.«

Seltsamerweise riefen diese Gedanken ihr eine Szene ins Gedächtnis, die seit langem nicht mehr vor ihr aufgetaucht war; eine schreckliche Szene, die sie mitten in der Pubertät sehr erschüttert hatte; und wieder sprach sie den Kater an: »Du bist rot wie die Höllenflammen und hast eine weißere Haut als eine Opernballerina; du siehst aus wie der junge rot-weiße Priester, der mir die Beichte abnahm, als ich fünfzehn war, und der mir einmal solche Angst machte – der arme junge Mann, der in seinem dunklen Schrank so zitterte –, ich bin davongerannt, ohne einen Piep oder Amen zu sagen, ich bin durch die Kirche gerannt, ohne mich umzuschauen, gerannt, ganz in Tränen, bis zu meinen Eltern. Wohl fünf Jahre lang, glaub ich, bin ich dann nicht mehr zur Beichte gegangen, und nie wollte ich etwas von den Jungens hören. Monsieur Mouton, wenn ich jungfräulich bin, liegt das ein bißchen an dir.«

Diese alte Geschichte, die ihr einst so peinlich gewesen war, wurde ihr durch die Zuneigung zu Monsieur Mouton lieb, und sie war überzeugt, sie würde sie jetzt nicht mehr vergessen. Andere Umstände bestärkten sie noch mehr in dieser Art Mythologie, die sie um den dicken Kater aufbaute.

Ein wenig später, an einem Festtag, kam der Erzbischof zu Besuch in die kleine Stadt. In der Kirche von Saint-Quiriace gab es ein feierliches Hochamt und überall viel Getöse. Nie, nicht einmal im *Clair de lune*, hatte Thérèse soviel Glanz und soviel Luxus gesehen. Der Erzbischof war ein prächtiger Mann; hochgewachsen, eher fett, mit sehr weißer Haut; er war auch etwas rötlich und seine hellen Augen hatten die strohgelbe Farbe des Weins von Sauternes; seine reiche Kleidung aus violetter Seide, das Gold der Stickereien, der Glanz seines bunten Gefolges, alles wirkte zusammen, um aus ihm ein außergewöhnliches, märchenhaftes Wesen zu machen – etwa in der Art dieser herrlichen exotischen Tiere, Elefanten, Dromedare oder Giraffen, in ihren mit Federn und glänzenden Verzierungen besetzten Schabracken, die man so sehr bewundert, wenn sie in der Zirkusparade vorbeiziehen.

Vor Bewunderung, Neid und Eifersucht auf diese glorreiche Persönlichkeit und ihren Anhang verbrachte Mademoiselle Thérèse eine schlaflose Nacht. Gleich am nächsten Morgen kaufte sie violette Atlasseide und Goldborte von der schönsten Qualität, die auf dem Markt erhältlich war, und machte sich unverzüglich an die Arbeit, um daraus für Monsieur Mouton ein zweites »Thronkissen« herzustellen, auf daß sich die Glorie des erlauchten Erzbischofs von der seinen nicht unterscheide oder daß beider Glorie zumindest von gleichem Rang wäre und durch ähnliche Pracht verherrlicht würde. Das Kissen war bald fertig, so ungeduldig war das alte Fräulein, ihre Liebe darauf liegen zu sehen und zu schauen, ob ihre Liebe auch so gut aussehen würde wie Monseigneur oder, Gott sei Dank, vielleicht noch besser. Seltsam schimmerte dieses Möbelstück in dem dunklen Zimmer; von fern ähnelte es alten Musikinstrumenten, einer mittelalterlichen Laute mit eingelegtem schimmernden Metall, oder auch einer dicken warzigen Perlmuttschildkröte mit eingezogenem Kopf und Beinen. Vielleicht weil es so rötlich glänzte und so unheimlich aussah, wollte Monsieur Mouton einige Tage nicht darangehen; er schlich drum herum, warf mißtrauische Blicke darauf, beschnüffelte es, setzte sich höchstens einmal daneben, vermied sorgfältig, es zu berühren, selbst mit der Spitze der Krallen, machte oft auch einen großen Bogen darum, um ihm nicht zu nahe zu kommen, wenn er durchs Zimmer ging. Mademoiselle Thérèse fing an sich zu grämen, denn so sehr sie ihr kostbares Kissen zurechtstrich und flach klopfte, um in der Mitte eine einladende Kuhle zu höhlen, es war alles vergebens, jede Mühe umsonst, Monsieur Mouton blieb dabei, ihm nicht zu trauen. Bis zu dem Augenblick, als sie überraschend ins Zimmer trat und ihn darauf fand; er hatte es sich, leise schnurrend, darauf gemütlich gemacht; nach so langer Wartezeit glaubte sie ihren Augen nicht zu trauen, zweifelte an ihrem Verstand, lief hin, um ihr Glück aus der Nähe zu sehen; doch was sie da sah, ließ sie nun erst recht daran zweifeln, ob sie nicht wahnsinnig war, und ließ sie dann, als ihr klar geworden war, daß sie nicht mit offenen Augen träumte, in die allergrößte Verzweiflung zurückfallen. Schmerzgepeinigt sah Mademoiselle Thérèse mit an, wie Monsieur Mouton auf dem »Thronkissen« ein riesiges Stück Kalbsleber zerfetzte und verschlang, das er dorthin geschleppt hatte, ohne jede Rücksicht auf die kostbare violette Seide; die war jetzt verdorben, von Krallen zerzaust und so besudelt von schmutzigem Fett, daß man sie eher hätte mit einem scheußlichen Küchenlappen vergleichen können, mit einem Topfreiniger, als mit der Robe eines Kirchenfürsten. Die arme Alte machte drei wankende Schritte zum offenen Fenster, ließ sich in den rosa Sessel der österreichischen Herzogin fallen, schlug ihre Hände vor die Augen und murmelte langsam: »Monsieur Mouton ist mein Fegefeuer und mein Paradies auf Erden, er versteht sich besser darauf, mich leiden zu lassen, als ein Mann.«

Im zweiten Jahr seit ihrer Rückkehr nach Mélinet wurde Mademoiselle Thérèse krank. Aus einem dikken Schnupfen, den sie gehabt und nicht behandelt hatte, wurde eine Bronchitis und aus der schlecht behandelten Bronchitis eine Lungenentzündung. Schließlich mußte sie das Bett hüten, obwohl sie es haßte und sich am Rande des Grabes fühlte, wenn sie am hellichten Tage im Bett lag; außerdem fühlte sie sich dadurch in ihrem Stolz schmählich herabgesetzt, sie, ein einzelgängerisches altes Wildschwein, das sein Leben lang sich selbst genügt hatte. Es demütigte sie sehr, während der Zeit ihrer Krankheit auf andere angewiesen zu sein, jemanden nötig zu haben, der sie pflegte, sie und Monsieur Mouton beköstigte und dem sie dann zu Dank verpflichtet wäre; ein Gefühl, das ihr gemein und entwürdigend schien, das sie haßte wie Dreck und Ungeziefer, wie eine gewisse Unreinheit der Seele. Sie hatte bei allem Ärger noch das Glück, daß diese gräßliche Wohltäterrolle der alten Honorine zufiel, die ihr verpflichtet genug war, daß man ihre Pflege annehmen konnte, als winzigen Teil all dessen im übrigen, was sie ihr schuldete, und von Dankbarkeit also nicht die Rede sein mußte.

An manchen Tagen ging es Thérèse wirklich schlecht. Sie konnte fast nicht mehr atmen und war wütend darüber, daß in ihren Lungen eine üble warme Flüssigkeit gurgelte, ganz ekelhaft, wenn sie sich rührte; tief in ihrem Bett kämpfte sie mit dem Ersticken, während das Fieber ihre Haut und ihren ganzen Körper austrocknete, bis auf das schwere Wasser in ihren Lungen; sie delirierte, sie versuchte aufzustehen, sobald man sie allein ließ, warf ihre Decken mit den Bewegungen eines Epileptikers weit fort, streckte die Arme nach der frischen Luft des Fensters aus, von wo der Kater sie ernst betrachtete. Dann fing sie zu röcheln an: aus ihrer Brust kam ein dumpfes, fettes Rasseln, das ein bißchen dem Schnurren ähnelte. Diesmal sang Mademoiselle Thérèse, doch sie sang vor Schmerz. Monsieur Mouton, den sie, gegen den Rat der Alten, die ganze Zeit in ihrem Zimmer haben wollte, wurde unruhig, denn das ungewöhnliche Geräusch irritierte ihn; oder vielleicht glaubte er, sie riefe ihn, wenn sie so röchelte. Er sprang auf ihr Bett und wollte sich mit aller Gewalt auf ihre Brust legen, um von ganz nah seinen Kopf in ihren Mund zu stoßen; das drohte sie zu erdrücken und nahm ihr noch mehr die Luft. Sie mußte sich gegen ihn verteidigen, sie versuchte ihn in eine Ecke zurückzustoßen, sie bat ihn, von ihrer armen kranken Brust zu verschwinden, aber sie war sehr schwach und er war sehr dick und so eigensinnig. Sie ließ es auch nicht zu, daß die Alte ihn, um ihn aus dem Bett zu holen, auf den Arm nahm, und noch weniger, daß sie ihn mit dem Scheuerlappen fortjagte, wie sie es vorgeschlagen hatte, diese blöde Alte, die so entsetzlich ungeschickt war und weder etwas von Katern noch von der Liebe verstand. Alles wurde immer schlimmer; die Nächte waren ärger als die Tage; die Alte hatte keine andere Hoffnung mehr als die Kerzen, die sie für den heiligen Markus entzündete, dessen Löwe so etwas wie Mademoiselle Thérèses Schutzengel war.

Im schlimmsten dieser Anfälle, die ihr die Brust zuschnürten und den Atem nahmen, erinnerte sich Thérèse, wie sie den kleinen Jean Michel Vacherin hatte sterben sehen und er ihr unter den Händen verfallen war wie gelbes, dürres, verbranntes Gras, dessen Zeit um ist. Thérèse dachte, daß sie wohl bald sterben würde, und bemühte sich, an den Tod zu denken; doch die Vorstellung, welkes Gras zu werden, wollte ihr nicht gelingen, nicht einmal, was ihrem Stolz mehr entsprochen hätte, ein großer verdorrter Baum; sie gab sich nicht auf, sondern sie klagte und kämpfte, denn sie hatte das Gefühl, daß ihre Zeit noch nicht zu Ende war. Doch in den Augen von Monsieur Mouton, der ruhig auf ihrem Bauch lag, sah sie den Tod; dieses Bild des Todes, oder die Furcht, vielleicht auch die Sehnsucht nach ihm ist, seltsam und verschwommen, im feuchten Blick der Tiere immer gegenwärtig, während die Menschen ihn vor allem dann wahrnehmen, wenn sie sich grämen oder krank sind. Es war eine Art verzweifelten Einverständnisses, das häufig wiederkehrte; dann verharrten das Fräulein und der Kater über Stunden schweigend, den Blick ineinander versenkt, als hätten sie sich niemals so gut verstanden, und die Zeit verlor sich, als wären sie schon in die Ewigkeit eingetreten. Thérèse brach dieses Schweigen, aus dem eine furchtbare Einwilligung in den Tod erwuchs, manchmal mit ein paar Worten, und der Kater sprang auf, blinzelte mit den Augen und bohrte seine Krallen in die Laken.

»Mouton, mein schöner Mouton, wer wird dir zu essen geben, wer dir dein Fleisch schneiden, deine Leber kochen, wer ist imstande, dir so zuzuschauen wie ich, wenn du – mit soviel Anmut – deine Mahlzeit verspeist?«

Denn sie hatte das Bedürfnis, von Essen und Nahrung zu sprechen, um sich ans Leben zu klammern, um ihren physischen Schmerz wieder zu spüren und ihrer selbst wieder inne zu werden und dieser verhängnisvollen Zustimmung zu entfliehen, die sie auf dem Grund der gelben Katzenaugen sah und der sie ganz anheimfiel, ohne daß sie sich anders gegen sie hätte wehren können.

Editorische Notiz

André Pieyre de Mandiargues (1909–1991), Bewunderer Jouhandeaus und Bretons, ist vor allem als Verfasser erotischer Literatur bekannt. Wie Jouhandeau jedoch war er auch ein scharfer Beobachter kleinbürgerlicher Verhaltensweisen.

Diese Erzählung ist in den frühen dreißiger Jahren entstanden. Mandiargues hat sie zu seinen Lebzeiten nicht veröffentlicht. Der Übersetzung liegt die 1993 posthum erschienene französische Erstausgabe zugrunde, die ihrerseits der deutlicher überarbeiteten Version von zwei handschriftlichen Fassungen folgt.

Über seine Beziehung zu Katzen erzählt Mandiargues im zweiten Band seiner *Gespräche* (mit Yvonne Caroutch, Gallimard 1982):

»Mit den Katzen verstehe ich mich sehr gut – trotz ihres Kardinalfehlers, ihre Krallen an den Möbeln zu wetzen –, und es hat in meinem Leben einige Katzen gegeben, die mir so lieb waren wie die liebsten Menschen. Es wäre banal, hier an Baudelaire oder an Mallarmé zu erinnern, aber ich glaube, daß die Katze das Tier ist, das sich am besten mit dem Dichter versteht: es überläßt sich seinen Liebkosungen mit einer so anmutigen Hingabe, daß es weiblicher ist als viele Frauen; und es macht sich, mit seiner seltsamen Elektrizität und mit den verborgensten Kräften der Natur im Bunde, zum geheimnisvollen Fürsprecher zwischen dem Menschen und jener panischen Welt, von der wir unsere beste Inspiration empfangen.«